いつの日か、
ふたりは恋人

Gensuke Tokoro

所 源亮

新潮社
図書編集室

目次

装幀／新潮社装幀室
装画、本文イラスト／三浦 慎

第1章

「いつの日か、ふたりは恋人」

母は、最近は毎日少しずつどこかしら体調を悪くしている。こうして一歩一歩、人生という階段を確かに下りて、安寧にたどり着くのだと教えてくれている。あれほど強大に立ちはだかった障碍が崩れ去って行く。現世を楽しみなさい。自由になりなさいと。自分に正直になろうと思った。

1964年4月。

「桂君、中学はどこ?」

「三中」

(彼女、にっこりと笑って)

「そうなんだ」

（ぼく、彼女を見つめて）

「福田さんは？」

「大崎中」

たったこれだけの会話。なのに、一生の恋に落ちた。


彼女のすべてが、ぼくには特別に思えた。着ている制服もシャツも靴も、上着に付いている埃までもが、そこに付いていることが大切で意味あることだと思った。大崎中学。初めて聞く中学校だったけど、勝手に憧れた。すうっと、彼女に、自分のすべてが吸い込まれていく気がした。これは、説明しにくいけど、一瞬にして彼女のすべてが自分のお気に入りになった。そう、そういった瞬間。いたずらっぽい目、筋の通ったちょっと上向きの鼻、少し生意気な先の尖った上唇、キュッとしまった足首は、特にぼくのお気に入り。それからは、毎日少しでもそばにいたかった。意識の中から離れなくなった。ともかく、いつも彼女を見ていないと苦しかった。

高校1年の時は、席が隣だったから、彼女がわずかに動く時の空気を、気づかれないように、感じているだけで幸せだった。時々、彼女は先生を見るでも黒板を見るでもなく、はるか彼方を見つめ、唇をうすくひらいていた。温かい息が漏れる。静かに、誰にも気づかれないように、深く、まだ生きている息を吸う。ぼくは秘密を独り占めにした。彼女の髪は、いつも一本一本が生きていて、語りあっているかのように、微かに微笑んでいた。光沢を優しく包み込んだ、絹のようなしなやかさと、隠れた強さを湛えた、柔らかな長い髪。強く抱きしめたかった。授業がずっとずっと続いてほしかった。彼女が席を立った後、密かに、長い髪を探した。それがあればいつも彼女と一緒。早く家に帰り、その髪を手に包み、そこから広がる甘い香りに浸っていたかった。生まれて初めての恋に一途になった。

高校時代は、どうしても自分の気持ちを伝えることができなかった。自分が恋人としてふさわしい相手とはとても思えなかったからだと思う。彼女には、すべてにおいて一番の者が恋人でなくてはならないと勝手に決めていた。それに比べてぼくは、まだ背が低くって子供っぽいし、ハンサムでもないし、運動神経は鈍いし、文系だし。ぼくの高校では東京工業大学が近いというだけの理由で理系の連中が幅を利かしていた。高校2年からクラ

スが替わってしまった。彼女はA組でぼくはH組という一番離れた教室。何という不幸。何でクラス替えなんてするんだ。担当した先生は、きっと彼奴（あいつ）に決まっているなどと妄想して恨んだりもした。しかも、A組は3階でH組は1階だから廊下でたまに会うという幸運もない。これで最後のクラス替えだから、彼女を毎日見ることはなくなった。

高校3年の時の運動会で3学年が一緒に参加する、最も注目を集める棒倒し競技で、ぼくは一人誰にも打ち明けず時間をかけて策を練った。自分としては、それこそ命がけで、彼女のチームであるA組B組連合の赤い棒の一番上に〝一番乗り〟した。でも彼女は見ていなかったと思う。他の人は、ぼくが〝一番乗り〟したことを〝奇跡〟として、50年以上経った今でも、クラス会で話題にするというのに。好きだとも、なんとも、伝えていないのに随分勝手なものだ。いつの日か彼女から、突然、ぼくが大好きだと手紙がくるのではないかという甘い幻想に浸っていた。当たり前だが、そんなことは

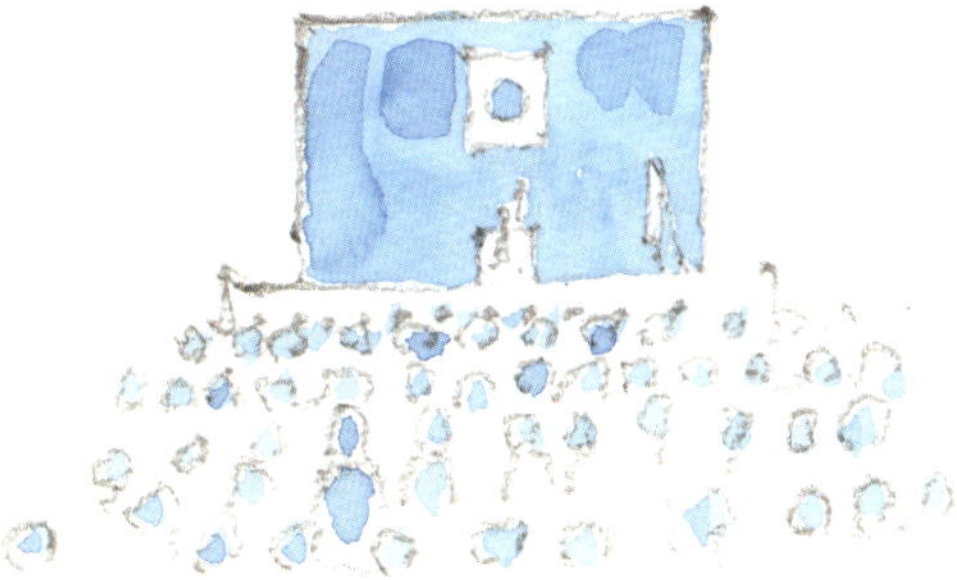

全く起こらなかった。卒業式でもなかった。お互い挨拶することもなかった。

彼女の一番好きな大学は、一橋大学らしいと人から聞いていた。きっとそうだという確信みたいなものがあった。だから、迷うことなく一橋大学経済学部を受験して4月に入学した。7月まで待って、初めて彼女にアメリカから葉書を送った。最初のデートは、8月だった。アルバイトの仕事でアメリカから帰国した日に、羽田に迎えに来てくれた彼女と六本木のアマンドに向かった。そこで何を話したかは、心臓がはち切れそうでドキドキしていて、全く覚えていない。彼女は、花模様の透け感のある生地の仕立ての良さそうな、清楚だけどお洒落なミニのワンピースを着ていた。二度目のデートで『華麗なる賭け』という映画を有楽町で観た。アメリカ的な生活（洒落た生き方）を一緒にしようというぼくの意思表示

だったと思う。2人は恋人になった。そして、2年後、雪がちらつく寒い冬の1970年12月28日に学生結婚した。

ぼくの両親に反対された駆け落ちだったから、それまでの贅沢三昧の生活は一変した。青山学院の短大を卒業していた彼女は、国立のレコード店に勤め、ぼくは大学には殆ど行かずありとあらゆるアルバイトをした。最低限の生活になった。ぼくは毎日が充実していたが、彼女はいつもぼくの両親に認められなかったことの恨み辛みをぼくに当てた。ぼくには、どうすることもできないから、謝るしかなかった。自分の努力で彼女の傷ついた心を癒すことができなかった。だから、ただただ虚しかった。彼女が哀れに思え、いつも申し訳なく思った。貧乏になったけど、ぼくは彼女の両親に気に入られていて、それなりに、心穏やかで心地よかった。

1972年1月3日に彼女は、突然去って行った。仲の良かった彼女の父親と川崎大師に2人で初詣に行って、ほろ酔い気分で国立の家に帰ったら、ほとんどもぬけの殻になっていた。下着が1枚だけ、畳の上に落ちていた。動揺した。その日のことは、落ちていた黒い洒落たショーツも、古びた畳も、不安も、今でもよく覚えている。しばらくして、彼女は、恋人と残されていた荷物を取りに、マスタングのオープンカーで国立の借家まで来た。その時、不思議と、絶望感はあまりなかった。

人生で最も悲しかったのは、その数日前に、離婚の話をするために、彼女と彼と3人で、青山の喫茶店で会った時のことだ。風邪をひいていたのか、咳込んでいた彼の腕に優しく手を伸ばし、「あなた大丈夫」と彼女が彼に向かって言った。ぼくは死にたかった。何も言えなかった。小さく手が震えた。彼女は彼を愛している。彼の着ていた高価そうなセンスのいいセーターが眩しかった。別れる手続きをすぐすることに同意した。何でもいい、早く店を出たかった。外に出ると体が震え涙が溢れた。自分が酷くショボくれていると思った。パラパラ降る雪が顔に落ちて冷たかった。いつの日か、必ず、自分は彼女にふさわしい理想の恋人になると誓った。

こんなに長い年月が経ったのに、何も変わらない。すべては月日が解決してくれると、恋に浮かれていると思ったぼくを祖父が諭したことがあった。が、それは嘘だ。今でも、彼女が再婚する前日にぼくにくれた、鉛筆で手書きされた、ジョン・レノンの「Love」の詩を持っている。その本当の意味を時々考える。

Love is real, real is love.（愛は真実。真実が愛。）
Love is feeling, feeling love.（愛は心。そう心のままに。）
Love is wanting to be loved.（愛は愛を求める。）
Love is touch, touch is love.（愛は触れること。触れることが愛。）
Love is reaching, reaching love.（愛は求めること。そう求めること。）
Love is asking to be loved.（愛は愛してという。）
Love is you. You and me.（愛はあなた。あなたとわたし。）
Love is knowing we can be（愛は知っている。いつの日かふたりは恋人。）
Love is free, free is love.（愛は自由。自由が愛。）
Love is living, living love.（愛は生きること。そう愛に生きること。）

Love is needing to be loved.（愛はいつも愛に生きる。）

長い年月をかけてぼくは漸く愛する自由を得た。

母は、娘（靖子）と息子（ぼく）と孫（るみ）が見守るなか、２０１９年10月22日23時15分、上田市の山王病院で、穏やかに、その93歳の生涯を閉じた。

第2章

「貴方って、相変わらずね」

私、既に、貴方と幽明境（ゆうめいさかい）を異にしている。だから、貴方には見えないものも、感じないものも、私には分かるの。でも貴方ならきっと理解できる。それを伝えたいと思って今この手紙を書いている。

『いつの日か、ふたりは恋人』を読んだ。昨日のことのよう。貴方って、相変わらずね。文章が素敵。昔もらった手紙、いつも貴方の言葉が、甘い旋律のように、心の中で舞った。叙情的な陶酔よ、きっと。私、飽きもせず読み返して、その流麗な世界に陶然と心地よく、浮き立っていた。そこにいる自分が好きだった。そして貴方を愛した。肩寄せて手紙を読んでくれたことも覚えている。お願いすると詩の朗読もしてくれた。その甘美な音色に抱かれて、夢心地だった。何度も何度も、読んでもらったのを覚えている。宙（そら）の、悠久の、

妙なる音楽。その中を舞っていた。声が大好き。素直に手紙を持つ貴方の指に、貴方に、抱かれたいと思った。

再婚する前日、貴方と会って、貴方は詩人だから、ジョン・レノンの『Love』を手渡した。覚えているでしょう。この手紙を読めばその時の私の気持ちが分かると思う。今でも心から貴方を愛している。大丈夫、貴方は私が思った通りの貴公子になった。私の誇り。

高校1年生の時、貴方の席は私の隣だった。貴方は、まだ中学1年生みたいにあどけなかった。帰国子女と聞いていたから、おぼっちゃん貴公子だと思った。本当に純真で無垢なアメリカ帰りのスマートな貴公子。それが貴方だった。

初めて葉書が届いた日のことは、よく覚えている。大学から家に戻ったら、季節外れの苺と一緒に母が、大切そうに、テーブルの上に置いてくれた。アメリカから届いた絵葉書だから、すぐに貴公子様からだと分かった。母はニコニコしていた。羽田空港に迎えに行くのなら、頑張って、素敵な洋服を縫うといってご機嫌だった。一橋大学に入ったのね。

Japan
POST CARD

一橋大学のことは、ほとんど何も知らなかったけど、一番好きな大学。シックでスマート。貴公子様にぴったり。貴方の家族はみんな東大なのに、私のお気に入りと確信して、一橋大学に決めて入った。この世にそんなことってあるの。嬉しかった。すぐ母に羽田空港に行くと宣言してカレンダーに印をつけた。

貴方が帰国するまで10日しかないので、その日の夜、母と洋服のデザインを決めて、翌日2人で御徒町まで生地を選びに行った。オレンジとピンクのちょっと大きめの花柄模様が透き通る薄いレース生地があった。考えていたデザインにピッタリ。母と抱きあって歓喜したことを覚えている。ツイッギー顔負けの、控えめなフリルを入れた、ミニのワンピースが縫い上がったのは、貴方が羽田空港に着く前日。それまで、毎日、母とキャッキャと騒ぎながら、本当に楽しく何度も仮縫いしてドレス作りをした。父はなかば呆れていたけど機嫌が良かった。母は裁縫が得意でどんな洋服でも作ってくれた。このドレスは今でも一番のお気に入り。

生まれて初めて行った羽田空港は、出迎えの人でごった返していた。誰が誰だか分からない。到着口の前の方に行かないと、貴方は私がいることに気がつかずに出て行ってしまう……と気が気でなかった。混雑の中、前に行くことは諦めて少し離れた後ろで貴方が出てくるのを待った。しばらくして、貴方が出てきた。私は恥ずかしいから、声をかけたり手を振ったりできずにいた。でも貴方から目を離さないようにした。ご両親はじめ、出迎えの人がしきりに貴方に話しかけていた。貴方は人気者ね。とてもその中に入って行けそうになかった。高校卒業以来はじめてみる貴方は、もうおぼっちゃまなんかでなく、洗練された青年貴公子だった。高校1年生の時に話して以来、一度も話したことがないから、会って何を話したらいいのか急に不安になった。視線を落としたその瞬間、

「福田さん」と懐かしい貴方の声がした。ハッとして顔を上げると、優しい笑顔で「本当に来てくれたのだね　嬉しい　ありがとう」と言った。艶のある透明な声が詩を奏でるように、喧噪を遮った。貴方のキラキラした瞳を見た。その瞬間、私は、貴方に恋をした。2人は、出迎えの人をよそに、タクシーに乗って六本木のアマンドに向かった。私も何を話したか覚えていない。楽しかった。六本木？　本当、オシャレ。貴方がそのまま外国を持ち帰ったようだった。家まで送ってくれて、両親にも挨拶してくれた。父は、照れくさそうに応接間にちょっと顔を出し、「今アメリカから？」と聞いた。「はい。先程帰ったばかりです」と貴方は答えた。母は、嬉しそうにずっと一緒にいた。

高校の時のことは、ほとんど覚えていない。女子にはつまらない学校だったから早く卒業したかった。理系男子に全く興味が持てなかったし。学校全体が文学芸術からほど遠く、美意識のかけらもなく、予備校みたいだった。男尊女卑が当たり前って雰囲気で、男子中心の運動会も乱暴だと思った。ごめんなさい、だから貴方が活躍した棒倒しは野蛮だから見ていなかった。3年生の時、水泳大会の最後を飾る100メートル自由形に貴方がH組代表で出たことは知っている。1年生の時、確か、赤帽だったのに白帽に黒い線が何本も入っていた。凄いなと驚いたから覚えている。努力家なのよね。だって水泳部でもないのに、運動が苦手だったはずなのに、一夏で最上級になったのだから。

貴方は、帰国子女で英語が誰よりできたから、英語が苦手な私は羨ましかった。一度クラスの前で、貴方がエドガー・アラン・ポーの『Song』を解説して朗読した。それを聞いて、泣いちゃった。知らなかったでしょう?

貴方は、この日本語訳を少し変えることで、この詩が驚くほど読み人にストレートに伝わるようにできると言った。特に、『Song』のような、作者の個人的な体験に基づいた詩は、その背景をよく理解して、感情の対象が誰なのか、分かるように訳す。すると、この詩が生きる。と、貴方は言ったのよ。そして、貴方は『Song』の改訂訳を黒板に書いた。たった一語 Though（だが）を Now（今）に変えただけ。

『Song　唄（入沢康夫訳）』
ポオ全集3巻（東京創元新社1963年2月20日）

君の結婚の日　私が君を見た時に
燃えるくれないが　君の頬を染めた。
今（だが）幸福は君を取りまいていた、
君の前で　世界は　愛一色に塗られていた。

君の眼に　点った光は、
（何であったにせよ　その光は）
私の　あわれにも傷ついた眼には
この世の愛らしさの　全てと見えた。

君が頬を染めたのは　乙女のはじらいのせいだろう――
それだけのことと　見過ごされもしよう――
今（だが）そのほてりが　男の胸にかきたてたのだ、
ああ！　いっそう激しい愛の焔を！

あの結婚の日　男が君を見たときに
深いくれないが　たしかに君の頬を染めた。
今（だが）　幸福は　君をとりまいていた、
君の前で　世界は　愛一色に塗られていた。

凄い、凄い！　全然わからなかったポーの英訳詩が、貴方の言葉ではじめて理解できた。ポーの詩が生き生きと蘇った。私たちと同年代の初恋。その予期せぬ突然の終焉。普段、無味乾燥が充満する教室の時が止まった。コトリとも音がしなかった。一編の詩で教室の白雲が動き青山が現れた。私は、ポーの絶望と二度の苦しみを思い、顫（ふる）えた。貴方が神々しかった。

２年生になってクラスが替わり、それから卒業まで、一度も話すことがなかった。詩を朗読した時、貴方が見ていたのは、私の瞳の奥に潜む光だったのね。気づかなかった。私って本当に馬鹿ね。

大学の新学期が始まってお互い忙しかったけど、本当のデートは、有楽町で待ち合わせして『華麗なる賭け』を見た。こんな感じの環境で育ったのねと思った。いつも、普通、学生の行かないところばかりに行って贅沢だった。ホテルオークラのコンチネンタルルームでマーサ三宅のジャズを聞きながら食事した。フロアで初めてのダンスもした。曲はオーティス・レディングの『(Sittin'On) The Dock Of The Bay』だった。雲の上でステップした。私の全然知らない世界ばかりで、夢を見ていた。貴方は、話が面白くて、聞くた

びに気持ちが昂ぶった。お互いゴルフ部に入ったから、よく一緒に高輪プリンスホテルの広々としたドライビングレンジにも行った。

1年生の学期末試験が終わり、大学が休みに入ったまだ肌寒い早春、はじめて国立にある一橋大学に連れて行ってくれた。煉瓦造りの校舎が、森の中に威風堂々と静かに点在して佇んでいる。まるで外国みたい。感動しちゃった。正門から入った先は、まさに整然と植栽された外国庭園だった。その奥は大きな樹木で覆われた森。その中にロマネスク建築の図書館が建っていた。その前には、ヨーロッパの庭にありそうな洒落た長方形をした小さな池があった。石彫のライオンの口から水が流れ落ちている。それを囲んでベンチが逍遥と読書を誘うかのように並んでいる。

貴方は、冷たいからと言って、私のために自分のマフラーをベンチに敷いた。2人で腰掛けた。温かかった。夕間暮れの残陽が池面に、遠慮がちに音もなく、浮かび沈んだ。葉風がわずかに残った枯れ葉を木から引き、池に落とした。

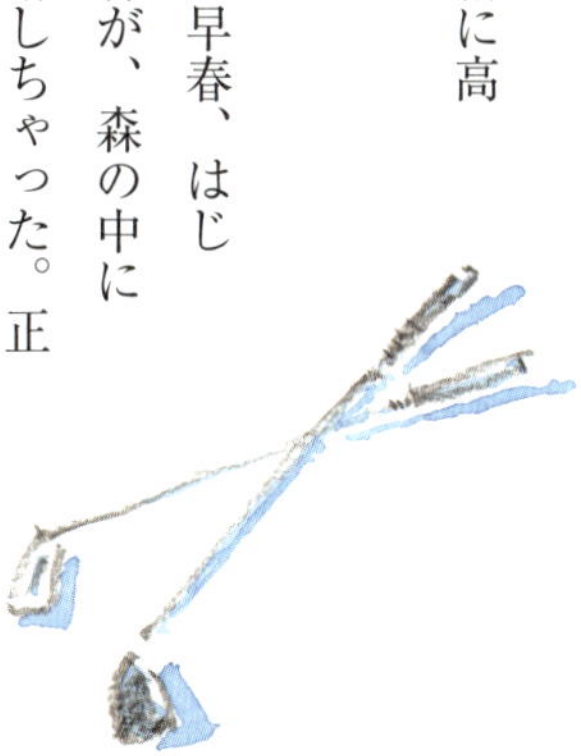

貴方の指が、私の指に触れた。温かかった。

「君を愛している」

指が震えた。

「私も」

２人ともそれ以上何も語らなかった。国立駅に向かった。帰りの電車でも何も話さなかった。時々触れ合う指が語った。

大崎駅に降りて暗いからと言って家まで送ってくれた。家の門の前に着いたけど帰りたくなかった。もう少し一緒にいたかった。何も言わず、腕を組んで、家の周りを何周もした。数分が何時間にも無限にも思えた。再び門の前に戻った。

貴方は、私の肩を抱いて
「愛してる？」

「……」

震撼が伝わった。動悸が打った。小さく頷き、目を閉じた。
温かい花信風が前を舞った。唇が触れ、重なった。その瞬間、私は「あっ」と言って玄関に向かって走った。すべての神経が唇にあった。幸せだった。瞳の奥に貴公子様がいた。

夏休みに入る頃、8月に家庭教師の生徒と軽井沢の別荘で合宿するから、1週間世話係として、「ゴルフ部の連中も一緒だけど、行ってくれる?」と誘われた。軽井沢はクラブの合宿で、何度か行ったことがある。大袈裟と思うかもしれないけど、日本で一番好きな場所。軽井沢の清々しい空気と木漏れ日が揺れる小道に点在する別荘がすぐ目の前に広がった。胸が躍り夢見心地。だから母に聞く前に、「行く!」と貴方に即答しちゃった。「事後承諾となってしまうけど、お父さんには私から許してもらうように頼むから、行ってらっしゃい」と母から促された。いつも後押ししてくれる母が大好き。父もよ。天にも昇る気持ちだった。大好きな貴方と1週間も毎日一緒。しかも、軽井沢で。貴方の別荘は、青山学院寮のすぐそばにあった。合宿の時、友達を誘ってこっそり見に行ったりしていたからよく知っていた。旧スイス公使館の前にある、判で押したような瀟洒（しょうしゃ）な軽井沢の別荘。

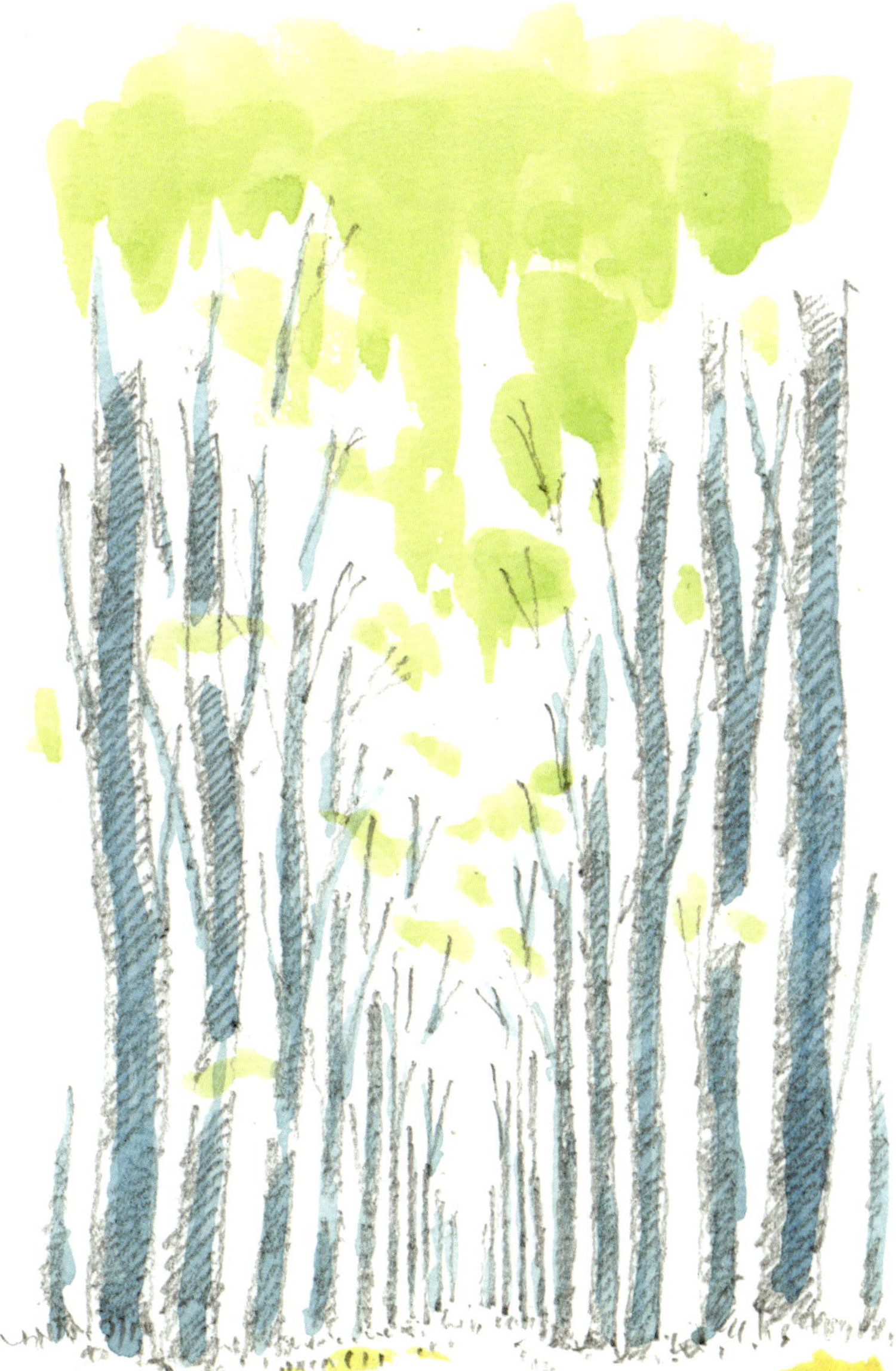

入ったことがないから、いろいろ想像をして中の様子を絵に描いたり、それを母に見せたりして、ともかくその日から、浮き立つ気持ちを抑えられない毎日を過ごした。母が軽井沢にふさわしい可愛いベージュの夏のミニパンツスーツを作ってくれた。お揃いの帽子も。早く貴方に見せたかった。

「娘さんが軽井沢に行かないようにしてほしい」

貴方のお母さんから母に電話があった。出発の朝、母は、「言おうかどうか迷ったけど、言っとくね」と教えてくれた。もちろんそんな経験ただの一度もない。だから、突然、何かに殴られたみたいだった。聞いた瞬間体が凍った。それでも何とか気を取り直し、気にしないで行こうと決めた。軽井沢で貴方と相談できるし。軽井沢ルックも早く見てもらいたかった。

待ち合わせした時間に上野駅に着くと、貴方と貴方の生徒の海野(うみの)君がプラットホームで待っていた。スタイルのいい、何よりきりっと、中学時代の貴方みたいな子だった。貴方は洋服のセンスがいつも抜群だった。だからちょっと心配していた。でも、想像をはるかに超えて、私の出立ちを見てはしゃいで上機嫌だった。軽井沢に行く電車の中で、海野君の中野の家の近所話で盛り上がり、彼ともすぐ仲良くなれた。貴方が家庭教師に行く時、よく中野駅で待ち合わせして、終わるまでその辺りを散策していた。それが役立った。ともかく人懐っこい可愛らしい貴公子でホッとした。好きな食べ物が、私の得意料理ばかりだったこともあって何だか安堵した。1週間一緒の別荘生活は不安だらけだったけど、大きな問題がなくなって本当に良かった！

でも、私には、もっと大きな不安があった。車中ずっと、何の話をしても、変わり行く景色を見ていても、「そのこと」が気になっていて、時々物思いに耽っていた。

2日目の夜、海野君もみんなも早く寝てしまったから、2人で半地下のキッチンでウイスキーを飲むことになった。やっと2人。ローソクを灯し、別荘の恋人になった。貴方はいつも最高の恋人。少しのお酒で頭がぐるぐる回った。せっかくのロマンチックな語らいの時なのに、「そのこと」、電話のことを、何度も、何度も、思い出した……。

思い切って貴方に話すと、途端、自分を制御することができなくなり、堰が崩壊したように涙が溢れた。もうどうしようもなく、止まらなかった。

「何がいけないの？」

「何が、何が、何が、」

「………」

奈落だった。

貴方は、きっと初めて聞いたのね。混乱して、困って、茫然としていた。すぐ、「ごめんね、本当にごめんね」と謝った。いつも最高の笑顔で優しい貴方が、そんな自信のない悲しい顔を私に見せるのは初めてだった。

「電話なんかしないで、母は、先にぼくに言ってくれればよかったのに」

そして、それからずっと強くないのにウイスキーをストレートで飲んでいた。

「すべてぼくが悪いんだ。両親に、ちゃんと説明しなかったから」

「君は何も心配しなくていいんだ」

「…………」

「何がいけないの？　私がここに来てはいけないの？」

「非常識なの？」

「…………」

「ふしだらなの？」

「…………」

「帰ったら両親と話をする」

（貴方は、そう自分に誓ってた）

「何を？　何を話すの？」

「きっと両親は世間の常識を考えている。ぼくは君との愛に夢中なのに」

「愛って話して分かるの……?」

「愛と世間では……。まったく時空が違うし……」

貴方は困惑していた。


貴方は、おぼっちゃま貴公子のままだけど、驚くほど意志は強靭。高校時代を思い出した。私は貴方なら何でも、必ず、やり遂げると信じていた。涙目に、貴方の瞳に灯る光を見ていた。夜が明けようとする時、キッチンの横の古びたベッド以外何もない部屋で、初めて貴方と結ばれた。愛を確信した。

貴方は、その後も夏の軽井沢に残り、別荘で過ごした。私は、美しい軽井沢の思い出に浸って、夏休みの残りを東京ですごした。貴方は、東京に戻ってからご両親と話した。でも、何も解決しなかった。軽井沢のことは数日のことだし、今となっては、終わった過去のできごと。私はご両親に嫌われた。それだけは明らかだった。会うこともなかったけど、嫌われていることは、ヒシヒシと伝わってきた。常識が分からない家庭で育った娘だって。

酷く傷ついた。でも貴方を愛している。だから、いつも「そのこと」は、考えないようにした。

軽井沢から戻って1ヶ月くらいして、貴方もご両親と気まずくなって、青山の自宅を出た。高校・大学の親友の木本君と一緒にすむことになった。一橋大学から甲州街道に向かって歩いて30分くらいの谷保というところ。大きな農家の敷地にポツンと建つ古い離れというか、小屋だった。東京なのに田舎暮らし。貴方と気兼ねなく会えるから嬉しかったけど……。青山学院からは遠かった。いつも青山で会っていたから、正直、谷保はへき地という感じだった。

貴方の愛に包まれて、どこにいても何をしていても幸せだった。お互いの大学が休みの時は、いつも一緒。2人の共通の友達ともよく旅行したり、遊んだりした。少し遠出もして、芦屋の叔母の家に泊まりに行った。その時貴方は大学がまだ2年半あったから、落ち着いていたけど、私は短大だったから、最後の学生生活を悔いのない日々にしようと必死だった。

父と母は、貴方のことが心底好きだったから、いつも応援してくれた。でもそれは逆にいつも私の心に隙間をつくった。貴方の両親を一層こころよく思わなくなっていった。「そのこと」を忘れている時は誰よりも幸せだった。しかしなにかにつけ、「そのこと」が心に染み込んでくる。どんなに努力しても、気が重くなった。どうしたらいいのか、分からなかった。

短大の卒業が近づき就職をすることになった。青山に本社を構えるK社に勤めた。貴方の実家の近くだから、不安もあったけど不思議と安心感もあった。軽井沢で結ばれてちょうど1年、どうしても一緒にいたかった。それには、2人とも結婚しか思いつかなかった。国立で一人暮らしをしている貴方のお祖母様に会いに行った。結婚をしたいと話すと、諸手を挙げて賛成してくれた。瞬間、私は思いっきりお祖母様を抱きしめた。お祖母様は、素直に2人の愛を受け入れてくれた。その瞬間、「そのこと」は私の中から消えた。お祖母様は、初めて会った時から、優しい慈悲溢れる目で私を見ていた。

翌月、貴方は、ご両親とお墓参りで岐阜に行くことになった。その機会をとらえてご両親に２人の結婚話をする。そこで結婚を許してもらう。と、貴方は言っていた。

でもそうはならなかった。岐阜から帰ってきた貴方は憔悴していた。「卒業してから結婚すればいい」と言われた。会話はそれだけだって。顔から生気が消えていた。大好きな貴方の笑顔はもうなかった。

東京で貴方のお父様と、結婚について２人だけで、何度も会って話した。お父様は、丁寧に対応してくれた。そういう感じ。ただの一度も愛に触れることはなかった。話すことはそれしかないはずなのに。私は綺麗に磨かれた大理石と押し問答していた。ツルツルの石の上を滑って必死にもがいていた。お父様には、私の気持ちを理解しようとする雰囲気は微塵もなかった。貴方にも父と母にも言ったけど、貴方のお父様に対し誠心誠意お話しした。その満足感はある……。けれど、話せば話すほど、心が空虚になり現実に目覚めていった。

「何でそんなに早く結婚する意味があるの？」

「愛しているからです。高校時代から育んできた愛だからもう止められません」

「………あぁ」

「つきあいは大学に入ってからですけど、お互い愛しています」

「そう………」

「だから、今、ずっと一緒にいたいんです」

「同棲すればいいいんじゃない」

「酷い………正式に認められたいんです」

「愛なんていつまでも続かないことが多い。すぐ冷めることもあるし」

「………………愛が冷めるなんて考えたこともありません。それに冷めるなんて思っていたら、結婚したいなんて思いません」

「まぁそれにしても、愛だけでは生きていけないよ」

「………………。圭君は、既に自活しています。だから生活のことは心配していません。2人は、愛のない生き方はできません」

「圭は、まだ学生だから、今は勉強に集中する時だよ」

「結婚したら勉強ができないとは考えられません。それに、アメリカでは学生結婚はごく普通のことと圭君は言っていました」

「そんなに結婚結婚と言うなら、まず婚約しては？」

「…………。そんな。投げやりに言われても……」

「結婚となると、常識的には、家のバランスも考えないと」

「…………」


私の気持ちは、完全に無視された。空回り。画然とした違いを埋めることは不可能と思った。貴方が軽井沢で言った通りだった。時空がまったく違った。噛み合わない。何も伝わらない。何も聞いてくれない。通い合えていない。慇懃無礼に合理化した自説を枉げることなく押し付けられている……そんな思いが募った。国立のお祖母様に会ってから消えたはずの「そのこと」が、私の脳裏に再び現れた。常識のない家庭の小娘。今度は二度と消えることのない、まるで大理石の墓石に刻まれた文字のようだった。貴方の家族の中に、私の存在はどこにもない。永久にない。そう思った。そして現実という思いが浮かんで私を苦しめた。

その後、同じ不毛の議論が数ヶ月繰り返された。私は、ご両親に祝福されたかっただけ。貴方のことを愛しているから一緒にいたい。ただそれだけ。でも無理だった。希望は持てなかった。「そのこと」が解消されることはなかった。夢だった。

その年の暮れ、12月28日の役所終いの日に、婚姻届を区役所に出した。その足で父と母に報告しに大崎の自宅に行った。父と母は、温かく迎えてくれた。

「おめでとう　頑張るんだよ」「困ったら、いつでもなんでも言って」と祝福してくれた。

貴方の実家にも挨拶に行った。ご両親は恐ろしい顔をして、仁王立ちで待ち受けていた。開口一番、「何しにきた」と言い放った。玄関先で結婚を報告すると、

「勝手にしたことだから、出て行け！」

そして、押し出されるように玄関が閉められた。

予想していたことだけど、大声で一喝されると目の前が真っ暗になった。貴方は一言も言わず、真っ直ぐご両親を見て立っていた。山ほどの荷物を抱えて、お互い励ますかのように短い言葉を交わしながら、原宿駅に向かって歩いた。とめどなく涙が溢れた。

谷保から国立音大の横にある長屋に移り住み、そこが新居になった。６畳一間。お風呂は随分前から壊れて放置されたまま。トイレは汲み取り。２人の楽しみは、近くの銭湯に行って、その帰り隣の定食屋でアジフライを食べることだった。長屋では隣の部屋から漏れ聞こえる会話が悲しかった。貴方は、毎日アルバイト生活に明け暮れていた。荷物の配達員や英語雑誌の翻訳などをしていた。時給が一番高いと言って自動車教習所の指導員までしていた。いわゆるアルバイトなんて一度もしたことがない貴方が、必死に、生活していた。大学の授業は、金曜日午後のゼミ以外一度も出席していなかったと思う。あんなに大学が好きだったのに。それでも愚痴一つ言わず、誰の前でも明るく振る舞っていた。朝、貴方は黒パンしか食べなかった。一番安くてお腹がいっぱいになるからだと思う。そんな貴公子の姿を見て胸が張り裂けそうだった。私は、勤めをお洒落な青山のK社から国立の楽器店に変えて、灰色のユニフォームを着たレコード売りになった。

3月に原宿のセブンスデー・アドベンチスト教会で結婚式を挙げた。その教会の挙式の条件は、そこの教室で聖書の勉強をすることだった。私は、短大がクリスチャン系だったから先生の講釈をおとなしく聞いていた。でも貴方は、時々無駄な抵抗をしたりして可愛かった。結婚式には、大勢の友人と私の両親親戚が集まった。母は、素敵なウエディングドレスを作ってくれたからひさしぶりに華やいだ。

貴方のゼミの教授は、本当に優しい先生。ご夫妻で仲人を快く引き受けてくれた。奥様は、いつもニコニコ笑顔で、すべてを包み込んでくれていた。

「乾杯！」
「逆境に愛を選んだ君達の勇気を讃える」

一橋大学の深澤宏教授の、乾杯の挨拶は烔眼に富んでいた。何より温かかった。貴方のご両親もお姉様もこなかった。それどころか、当日教会の神父様と深澤教授両方のところに電話が入って、結婚式を執り行わないように要請されたと聞いた。私は、再び夢から現実に押し戻されていった。

新婚旅行は伊豆に一泊で行った。無理して行かなければ良かった。車窓から見る景色も旅館も、食事もすべて悲しみに満ちていた。１年半前の軽井沢が、はるかに涙に霞んだ。墓場に向かっている。国立の暗い部屋に戻った。初めて喧嘩した。私がなぜ悲しそうに振る舞うのか。貴方は理解しているけど理解したくない。そのことは明らかだった。それが分かるから辛かった。貴方は、ご両親に対して何もできない自分に酷く怒っていた。ひ弱に見えるのに、何にでも真正面から向かっていく貴方だから。「そのこと」の解決に一緒に向き合おうとしない私のことを情けなく不可解に思い、歯軋りしていたと思う。自分の境遇を自ら変えようとしない女。でも……。私にはもうほとんど力が残っていなかった。

「やはり両親も姉も来なかったね」

「…………」

「ごめんね」

「…………」

「怒ってるよね」

「…………」

「ごめんね」

「…………」

「贅沢できないから？　つまらない？」

「そんなのじゃない」

「こんな生活嫌だろ？」

「…………」

「愛してる？」

「…………」

「…………」

「…………」

「聞いているんだ！」

「…………」

「…………」

「…………」

「愛してる？」

「分からない……」

「じゃあ、何故ぼくと結婚したの？」

貴方は畳の上に私を押し倒し私の上に跨った。

「痛い！」

「…………」

「…………」

「何故！」

「何故？　…貴方のご両親に対する復讐よ！」

私は、〝復讐するために貴方と結婚した〟とはっきり言った。

貴方の目から、私の顔の上に、涙がぽたぽた流れ落ちた。私の涙と一緒になって床を濡らした。

新学期に入り、内定先の研修も始まった。貴方は、トヨタ自動車に就職することに決まっていた。給与が日本一だからという理由。5月、名古屋の研修から戻った貴方は私に「ちゃんとした新婚旅行に行きたい？」と聞いた。
「行くなら、バリ島」と私は絶対の無理を言った。
「姉が新婚旅行に行ったところだ」

そこからの貴方は凄かった。ソニーの懸賞論文の優勝賞品がバリ島旅行と新聞広告で知って、応募して見事に優勝した。13万人の応募の中で優勝するなんて！ 10月に2週間のバリ島旅行に行った。夢のようだった。貴方は、その旅行中ソニーの仕事に追われていた。1人でなく2人で行く条件は、バリ島に行く前後、ついでに東南アジア各国を回って、ソニーの仕事を手伝うことだった。そんなことを、大会社相手に学生の貴方が交渉したのね。

私のために。貴方は、新発売のカラーテレビを記者クラブなどで、得意の英語でプレゼンテーションした。貴方が話すと、記者の人達がみな頷いていた。それを目の当たりにして、英語が上手なだけでなく説得力もあるのね、と思った。高校の時、貴方が『Song』の朗読をしたことを思い出した。Edgar と Sarah が舞い降りていた。

バリ島から帰って、私は、貴方と別れる決断をした。旅行中、1人の時間が多かったからいろいろ考えることができた。貴方は、私がいなくても生きていける。私は、自分の傷を癒さなくては生きていけない。傷は貴方と一緒にいるとどんどん深く醜く痼疾(こしつ)になっていく。すべてに優先して「そのこと」を消滅させなければ生きていけない。その思いに囚われた。

1月3日、私は、私のことをご両親が無条件で受け入れてくれる中山悟君と、彼が運転する車で、国立の家に向かった。貴方が父と川崎大師に初詣に行っている間に。自分の荷物を手早くまとめた。私は生きる。それにかけた。そして、すべてを捨てて国立を去った。

第3章

「ブータンでふたり」

「貴方って、相変わらずね」を読んだ。君の声が聞こえた。何度も涙し、身震いし、肺腑がえぐられた。自分の不甲斐なさが昨日のことのように蘇り、こうしてすぐ筆をとった。君には、ぼくが貴公子にみえたかもしれないが、中味はかなりの子どもだった。君に恋して自分の愛に浮かれている天真爛漫な坊や。欲と嫉妬に眼が曇り「そのこと」を君の中から打ち消す能力がなかった。だから肝心なところで君を支えることができなかった。あ、なんということ。そのまま半世紀を無為に過ごした。

その後、君に自慢できる人間になろうと必死に頑張った。でも肝心な君の「そのこと」は時の解決に任せるしかできなかった。そう、２０１９年10月22日23時15分まで。その瞬間、解放された。しかし、自立と自由を確立し未来を確実に得た時、君はもうこの世にい

なかった。いつも君が言っていたとおりだ「貴方って、相変わらずね」。

なんと君が水泳大会の100メートル自由形を見ていたとは。無茶が漸く報われた。50年以上も前のことだけど嬉しい。ビリから2番目だったから恥ずかしかった。ぼくの気持ちを伝えるせっかくのチャンスを逸した。白帽の黒い線を獲得することに、あの夏、命をかけた。一途の恋に生きる高校生にしか理解できない無茶。君に伝えたかったけど1番でゴールできなかったからみっともなくて言えなかった。恥をかいただけに終わった。

50メートル泳げない生徒は、目立つように赤帽を着用しなくてはならなかった。そして、水泳授業中は徹底的にダメ人間として扱われた。よくいえば、この屈辱から這い上がれというメッセージなのだろう。悪くいえば、一方的で画一的。たとえ、25メートル潜水しても、どんなに優雅に泳ごうとも、50メートルを泳げない生徒は赤帽という決まり。高等学校だけが伝統と命令に支配されているのではなかった。社会全体が理不尽な教条に支配されていた。慣習とか決まりの先にある真理に敬意がはらわれることは稀。社会の決まりに矛盾などない。それに挑戦するなんて奇人のすること。愛なんてずっと後ろに追いやられてむしろ邪魔扱い。自由は伝統と命令という常識に服従していた。アンチテーゼを挟む余地はなかった。自由放任教育を受けた帰国子女のぼくに日本の教育は理解できないことばかりだった。君はそんな馬鹿げたドグマに臆せず、すべてに対し、真正面から向かって行く。そんな勇気をもった君は、ぼくの中で、いつも輝いていた。他人はいざ知らず、ぼくにはそれが崇高に思えた。そして、それが君の実存。そんな常識に立ち向かう君に憧れた。固定観念に囚われない人、自由な考えを持っている人、おそれず未来を切り開く人。それが認識できるのは君に共鳴する勇気をもった賢者の特権。そう自分勝手にイメージしていた。ともかく、高校生のぼくは、まだそれを君に伝えるほどのエリートにも賢者にもなっていなかったことが歯痒かった。

アメリカでは、自宅にプールがあるのは特別のことではなかった。ぼくがいたワシントンD.C.には海岸がなかったから、いつも夏は友達の家にあるプールで泳いでいた。スプリングボードから、ジャブンと、いろいろ工夫して飛び込む。そして、プールサイドから上がりまた飛び込むということの繰り返し。いかにカッコよく飛び込むか。独自のスタイルをもっていることが自慢だった。10メートル以上泳ぐ必要などなかった。

日本の学校のような25メートルプールはアメリカの学校にはなかった。プールすらない。だから一度もそんな長い距離を泳いだことはない。そのような環境で水泳に親しんでいたから自分が泳げないと思ったことは一度もなかった。むしろ、泳ぎは得意だった。友人宅のプールは、ジャンプ用のスプリングボードが主役だった。そして、庭の一部だから芝生の広がりに合うような円形だった。水は青く透明で爽やか。それに対し高校のプールは灰色のコンクリートで長方形。水は藻が繁殖し緑暗色に濁り底が見えなかった。兵隊の訓練場みたいで気色悪かった。その横で赤帽の生徒が一列に並び準備体操する様など地獄絵図に思えた。自由を奪い学徒出陣的な思想に基づいて造られたプールと諸規則。学校のプールを見ると息が詰まった。そして、水泳のテストの時、初めて自分が50メートル泳げないことを知った。1年生の初夏、君が見ていたのは、校則によってダメ人間のラベルを貼られ赤帽を被ったぼくだった。学校のプールは、川や海を征服できるように肉体を鍛える道場であって美や社交の場ではない。先生と学校に対する失望に覆われ、わずかにあった愛校心は消失した。

この不条理をなんとかしなくてはならない。高校1年の夏休み友人達と琵琶湖に行った。

北琵琶湖の近江塩津に小さな湾がある。無謀にも泳いで横断することにした。泳ぐことになった3人の中で赤帽はぼくだけだった。無茶。後の2人は遠泳の経験者だから数キロなんて意に介していない風だった。泳ぎ始めると、車ほどの大きな藻の塊がたくさん浮いていた。その中に絡まって死んでいる大きな鯉を見た。腹が天を向いていた。えっ、鯉でも水死するんだと動揺した。藻は大きな常識に集約されるドグマ。社会に存在し自己主張する、死に至る、硬直の塊。この場でそんなことを考えていたのでは溺れて死んでしまう。迷いを捨てこの現実を生き抜く。藻を避けて泳ぐことに全身全霊集中した。余計なことを意識から遠ざけ黙々と泳いだ。何度もここで死ぬのかなぁと思った。でもいまさら引き返せない。無根拠だけど対岸まで泳ぎ切れそうな気がした。そうしなければ、生きなくては。何より、君に黒い線入りの白帽をかぶっている姿を見てもらえない。そう思うと、無茶にも重大な意味があると思えた。君を小波の先に見て、無駄な動きをしないように泳いだ。対岸に着いた時は、身体が石のようだった。あの鯉のように仰向けになって天を仰いだ。真上から降り注ぐ真夏の太陽が閉じた瞼を突き抜いた。ぼくは生きていた。晴天に君の名前を小さく何度も何度も呼んだ。翌年の夏、高校のプールは水たまりと見違えるほど小さく思えた。学校も先生も縮んでいた。

無限の生活をセントラルドグマにまかせるのであれば、愛なんてひとつの要素にすぎない。きっと邪魔なもの。当時の社会が掲げる大きな人生目的に対し小さなオマケ。それは制御すべき欲望である。一流大学を卒業して大企業に就職する、親が薦める結婚をする、家庭より仕事を優先して出世する。それができないのは人生の敗北者。愛に生きるなんて芸術家がする非常識。まともな社会人であれば理性に生き感性に生きるものではない。

この不毛な議論を、それをもっとも苦手とする君が、そう、不条理にも、愛の交渉を一手に引き受けることになった。ぼくの両親と何度会って話してもパラダイム（場）が違っているから、お互い不快感が積み上がるだけ。ぼくは、文学好きでまさに感性に生きていたから理性の人から見れば、天真爛漫な馬鹿。まったく君の力にならなかった。すべてをささげた愛が及ばぬ力などないと信じていたぼくは相当 naive（ナイーブ）だった。

そもそも感性では、もっというと感情では、入ってはいけないパラダイムだった。藻の中に囚われた鯉は哀れにも死んでいた。きっと、もがいて苦しんで死んだのだろう。あの鯉は藻の塊を上手く避けて泳いでいれば死ぬことはなかった。何故そんなところに入っていったのだろう。何か入らなくてはならぬ理由があったに違いない。そう思うと鯉が哀れだ。生きると決めたのであれば、現実を選び、上手に藻を迂回して泳ぐことは当然だ。生きることの方が大切だ。何かの夢を追って藻に突入すれば死がすぐ先にあることは自明だった。鯉の夢は一体なんだったのだろう。ぼくには、君に対する愛がすべてだった。

２月22日にブータンに入った。ここには下界のアクを無限の時で漉した無垢の空が、天まで広がっている。今や国会議員になった親友のペマ・テンジン君がパロ空港で迎えてくれた。入国管理と税関通過ゲートは、ブータン特有の張り出し窓部ラブセを正面に構えた建物の中にある。ペマ君が「ほらっ」と指差すと、その窪みの上に、正装したかのような出立ちの可愛らしいシジュウカラがとまっていた。真っ白な胸に黒ネクタイをして、雪解風を抱き、羽毛をふわふわとふくらませて、「ツピーツピー　ツピーツピー（こんにちは）」「ルッルッ　ルッルッ（うれしい）」と鳴いた。ジェット機の残音が一瞬静まり、小鳥の高い囀りが下に響いた。いたずらっぽい瞳でぼくを見ていた。不屈の透徹した鳴き声。ぼくは、すぐ君だと分かった。手を振ると羽を広げて呼応してくれた。赦（ゆる）してくれたんだね。

本当に来てくれたのだね。嬉しい……ありがとう……。何度も、「ありがとう、ありがとう……」と言って君を見つめた。

ペマ君は空港から、山の中腹に位置する、谷を見下ろすホテルのロッジに案内してくれた。ベランダに座りペマ君と話していると向かいの山道に、タシ・ゴマンを背負って歩く人が見えたような気がした。タシ・ゴマンは、移動式のお社（やしろ）で、小型の窓のような引き出しがたくさんあるドールハウス風の箱。その中には仏典とか典籍などが収められている。村から村、家から家と、ラム・マニップという僧侶がそれを背負って移動している。この国は、仏法に生きている。あらゆるところにそれが現れているところが心地いい。

「ピュッピュッ（そうよ）」。

君も一緒にここにいる。

アップル・シナモンティーを飲みながら、ペマ君が聞いてきた。

『圭は何故ブータンが好きなの？』

「天国に一番近いから」と、即座に答えた。

返答に迷うことはなかった。インドから飛んできたばかりだから。

機内から果てしなく続くヒマラヤ山脈の絶景を飽きることなくずっと見ていた。誰しも引き込まれるに違いない。７０００メートルを超える山々が連なり、雲を下に従え、青天にくっきり氷河と天頂が切り立って浮かんでいる。その姿は荘厳で言葉を拒絶する絶対意志を顕示していた。宇宙意志を絵にするとこうなるに違いない。死ぬ前に見るべき景色があるとすればこれだと思った。

そう話すと、ペマ君も同じ思いと言う。

『ぼくも外国から帰る時、聳えるヒマラヤの山々を前にして、いつもすぐそこに天国があると認識する。ブータンの人は、自分は天国に住んでいる、ここは、この世のシャングリラだと……。自分にそう言い聞かせている。昔とだいぶ変わっちゃったけど……。年寄りは今でもほぼ変わらない生活をしている』

「若い人もそれを見て、当たり前のこととして、自然に天国リビングを体現しているね。少なくとも自然を征服しようなどとは考えない。世界とはずいぶん違うね」

ここは何が心地よいかというと、すべての生き物に優しく接する。先ほどホテルの部屋に入ると蝿が沢山いた。１００匹以上。ボーイに蝿退治を頼んだら、部屋にやって来て、窓を開けて蝿に「ホウ……ホウ……」と声をかけた。すると、それに従ってスッと蝿の集団が外に出ていった。びっくり！　部屋に1匹も残っていない。殺虫剤を持ってくるものと思っていた自分が不遜に思えた。

このことをペマ君に話すと、『ブータンの人は、生き物はすべて、前世は自分のご先祖様だったかもしれないと教えられているから、この世のすべての生き物に優しく接するんだよ』と教えてくれた。

「ブータンでは輪廻転生が日常に生きているんだ！」

『そうだよ。つい最近までは頼めばラム・マニップが家に来て、仏様の教えの四聖諦（ししょうたい）を朗読してくれる。だから、仏様のことはみんなよく知っている。悟りを開くことがどんなに難しいことか、誰でも知っている。この2500年間で仏になった人は釈迦牟尼しかいないのだから。その次は4000年後のジャムパと言われているし』

「それじゃあ、ほとんど全員が悟りに至ることなく何かの生き物に輪廻しちゃうと思うね」

『そう。悟りとは、自分の〝欲と嫉妬〟を完全に択滅（ちゃくめつ）することだから、普通の人間が悟りに至ることはほぼほぼ不可能だね。自分など存在しないというところまでいかないと悟りとはいえない。そんな人間はいない。仏法の思想では、生きていること自体が四苦八苦に生きるというDisease（病気）。その病気のCause（原因）は自分というか欲と嫉妬。だからその原因をCure（治療）するには、自分を滅却（めっきゃく）するしかない。その宗教は、つまり仏法は、その手助けになるMedicine（薬）と考えられている』

「なるほど。それでは、やはりあと何千年待っても仏様は出てこない。無理だね」

『ほんと。一生懸命努力をする人は沢山いるけど、完全に私滅（しめつ）できる人はまずいない』

「そうなると圧倒的に輪廻となるね。逆の見方だけど、ひょっとすると、私滅しようとしている自分というか、その奥に潜む欲と嫉妬は、生命が生き続ける上で不可欠なものなのだったりして」

『欲と嫉妬がないと生命は継続できないってこと？　面白い！　きっとそうだね。欲と嫉妬が生命のドライバーだからそれをなくすと生きていけない。逆説的だね』

「生命をよく観察すると、その可能性が高いよ。人間以外の生命の行動を見ると欲と嫉妬が如実にあらわれるのは、生命の継続にかかわる食と生殖の時だけ」

『確かにそうだね。人間以外の欲と嫉妬は本当にシンプルで分かりやすい。普段おとなしい犬でも餌を取り上げようとすると怒るよね』

「犬に向かってブサイクだねと言っても怒らない」

「ピュッピュッ（そうそう）」

『人間はそれ言われると怒るよね。生命の継続に何の関係もないのに』

「ぼくが言いたいのは、生命の欲と嫉妬は生命の継続に必須のエネルギー源に違いないということ。生命の継続を生きる魂と言うと分かりやすいと思う。当たり前だけど、この生きる魂を人間も含めてすべての生命が体内のどこかに持っている。多分遺伝子の中に。まるで生きるための指示書みたいにそれが細胞核内の染色体に内包されている。それも生命の誕生の時から存在していて、ずっと引き継がれている」

『人間と他の生命とどこが違うの？』

GCATGCATG
ATGCATGCA
GCATGCATG
CATCCGTTA
CCGTTATTA
CGAATATTG
GCATGCATG
CATGCATGC
TGCATGCAT

「人間だけが言葉を持っている。複雑な言語を発明した。それを駆使して生きる魂を複雑怪奇にして自分を攪乱して生きている。そう思う。何故かは想像つくけど……」

『人間は他の生命とは別格で、食と生殖という生命の継続だけに生きているのではないと言いたいのかな？　他の生命と違う。もっとレベルが高いと』

「ジィジィ（いいえ、人間のレベルは高くない）」

「そうだと思う。ぼくの疑問は、何故人間はそれというか生きる魂を率直に見ようとしないのかということなんだ」

『直視すると不都合なのかなぁ』

「他の生命と一緒ということを認めたくないんじゃない」

『人間は、進化してすべての生命の頂点に立っているという、百尺竿頭坐底人の驕り』

「ピュッピュッ（そうよ）」

「滑稽だね。今人が信じている自然淘汰の進化論には科学的な根拠がない。自分勝手な仮定にすぎないのに。他の生命は、根本のところで人間より賢いから、きっと、そのことに気がついて生きている」
『本当だね。夜空を見て〝我々はどこからきたのか、何者か、どこに行くのか〟なんて考えている虫も鳥もいないからね。そんな暇があったら星なんか見つめる前に食べ物を探している。だって、ボーッとしていたら飢え死にするか食べられてしまうもの。ところで圭が考えている生きる魂って生命を継続せよという天の声？』

「ピュッピュッ（そうよ）」

「そのようなもの。生命の目的は、意外と単純で生命の継続にあると思う。それが生命の根本にあるドグマだと思う。そしてそれは人間も含めてすべての生命の根幹である遺伝子に組み込まれていると思う」
『ともかく生きて子孫を残せが生命目的ということだね。ドゥクパ・クンレーだ！　その生きる魂という絶対意志というか宇宙意志みたいなメッセージがすべての生命にあって、それが、代々引き継がれている』

「そうだと思う。人間も、その目指すところは他の生命と同じで生命の継続なのに、これだけでは頂点に立つもののプライドが許さない」

『なるほど。生命の根源は〝汝、生きよ〟だね』

「きっとそうだね。生命の遺伝子を代々遡るとその生きる魂のおおもとにたどりつける」

『そのルーツ探しはヒトの起源まで？』

「ヒトの起源でなく、もっともっと先」

『生命の起源ってこと？』

「そう。すべての生命に共通して生きる魂が入っている」

『ヒトだけでなくすべての生命に広がっているということだね』

「広がっているというより元々あるということ。あるどころかそれが生命の起点だと思う。そして、生命はきっと地球だけでなくあの世というか宇宙空間に溢れている。そして、はじまりも終わりもない定常の世界に生きている。でもその起点は神のみぞ知るだ」

『圭の言うとおりだね。ブータンは、この世もあの世もグルグル回る仮の世だから』

小鳥は囀る「ピュッピュッ（そうよ）」

『雨の詩』

空から雨が降ってくる。
いつもと同じ雨なのに今日は不思議
雨が　耳元で囁くの。
私は　宇宙からきたって　彗星に乗って。
お空で　お水の洋服つくってもらって　風に揺られて
降りてきたばかりだって。

ここはどこ？　と聞くから
地球よ！　と教えてあげた。
たくさんお友達つくって　早くお空に帰りたいって。

小鳥は囀る「ピュッピュッ（そうよ、私もその通りよ）」

無限の宇宙に溢れる生命。無限の場にすむ生命。無限の中で特別は特別でなくなる。広大無辺の世界では、現実も生活も取るに足らない極微の一コマにすぎない。ただのチリ（塵）。しかし、愛は違う。愛はすべての生命の生命目的の根底にある〝真理〟。たとえそれがどれほど簡単で冷酷な原理であっても……。愛を語るに言葉はいらない。生きる魂。五感の昂揚と悲嘆だから。愛はどこまでも普遍の実在。その愛と緊張関係にある理性は、重さとか長さとか大きさで因果関係を測る。愛は違う！　だから、そして何より理性を金科玉条とする社会や伝統などには普遍性がない。普遍性どころか未来もない。あるのはそれがもたらす一時の満足と安寧だけ。これを幻想という。本当の本当ではない。それはどこかに秘められた欲と嫉妬によって、不満と不安に変わる運命にある。人間社会は、この繰り返しで絶望しかない。これをいくら議論しても不毛。2人の愛には不要な議論だった。


夜明けに小鳥がやってきた。

「ツピーツピー（こんにちは）」

ちょっと待って。今、窓開けるね。

「ルッルッ（嬉しい）」

この指にとまって。

「ピュッピュッ（はい）」

昔みたいに詩を読むから聴いて。

「ルッルッ　ルッルッ（嬉しい！）」

ぼくは『MY LOVE』を朗読する。

『MY LOVE』

『今　ひとり
何もしないで

ただ君のことを考えている
こんな幸せってない

何もしたくない
だから時を止め
ただ君のことを考えている

こんな幸せ　きっともうない

雪は時に乗って
ふかふかと
幸せを抱いて
静かに　降っている

愛しているから
愛しているって言うよ

ほんの少しの時でいい　君といたい
本当に少しだけでいい　君といたい』

小鳥は囀る「チュチュルッルッ（愛してる）」

『MY LOVE』

『私も今ひとり
貴方のこと考えている
幸せ「チュチュ」

何もしたくないの
それをいいことに私も時を止め
ただ貴方のことを考えている（嬉しい「ルッルッ」）

私も幸せ「チュチュ」
こんな幸せ　もうこないことを知っている
窓の外は昨日からの雪で真っ白
大粒の雪が　ふわふわと　幸せ抱いて降っている

愛しているの「チュチュルッルッ」
だから私にも
愛しているから
愛しているって言わせて

ほんの少しの時でいい
貴方に抱かれていたい

本当に少しの時でいい
貴方と一緒にいたい』

小鳥は囀る「クックッ（夢よ）」

厳冬のブータン。朝は遅い。キラキラ舞う氷晶の先には、白が白に重なるヒマラヤ山脈が聳え、その遼遠は果てしない。そしてその冬空は紺碧の世界に至る。

昼近く掃除のメイドが部屋に入ると２人はまだ眠っていた。暖炉の薪は久しく消え、余燼の香が薄く床に沈み、凍るような静謐が部屋を覆っていた。はたして２人が起きることは二度となかった。

２人が最後に読んだ１冊の本が、几帳面に、机の上に置かれていた。ローマ時代の哲学者セネカの「生の短さについて」。その最後のページには、〝人は、いつまでも、他人の生を奪い、自分の生も奪われ、互いに平静を破り合い、互いを不幸に陥れながら、実りもなく、喜びもなく、精神の進歩もないまま、（遠い未来にかける望みを抱いて）、生を送り続ける。〟と書かれている。

ページの余白に２人の走り書きが綴られていた。

『すべてをささげつくした愛が、およばぬ力があるのだろうか

「やっと会えた」

「嬉しい（ルッルッ）やっと2人よ」

「このままでいい」

「はい（ピュッピュッ）。いいの」』


そして、1行の手紙が添えられていた。

そこには、『LOVE　そしてすべてに永遠の和解を。MDRとKEI』と書かれていた。

特別のことなど何もなかった。時もない。ふたりは恋人。ただそれだけだった。凍窓から、2羽の純白の小鳥が、さっと勢いよく閃光に輝く氷霧に飛びたった。

仲良くクックックッって。


おわり。

「いつの日か、ふたりは恋人」注釈

構成に関する注釈

この小説は、3つの章が重なり合うように構成されている。

第1章と第2章（第3章は冬ではじまり冬で終わる）は、春から夏そして秋から冬と変遷する。

第1章は、「この世」の話。高校1年生の初恋から学生結婚そして大学卒業直前の離別までの話を、主人公（ぼく＝圭）が語る。詩は、John Lennon の「Love」。背景の曲は、Elvis Presley の「Can't help falling in love」。

第2章は、「あの世」から、第1章を読んだ既に他界した恋人が、主人公に自分の思いを語る手紙。詩は、Edgar Allan Poe の「Song」。背景の曲は、Michel Legrand の「The windmills of your mind」。

第3章は、「仮の世」のブータンでの再会。恋人は小鳥（シジュウカラ）となって「あの世」から「この世」を仮訪問する。ふたりは、ブータンの友人と人間哲学と宇宙を語り、ブータンの山小屋で酔生夢死を過ごす。詩は、主人公作の「雨の詩」。背景の曲は、Frederic Chopin の「Nocturne No.20 in C-Sharp Minor」。

思想に関する注釈

この小説は、パンスペルミア説（「宇宙汎種説」）を生命存在の前提にしている。この説は「生命は地球で自然発生したものではなく、途方もない遠い昔、とある時、宇宙で誕生し宇宙に拡がった。それが、宇宙空間に無限にある惑星の一つの地球にも降りてきた。生命は宇宙に溢れている。宇宙は生命のためにある」という考え。この「パンスペルミア説」の対極にあるのが、「自然発生説」である。すべての人と言っていいくらい、世界中の人々が、「自然発生説」を正しいと思い込んでいる。この論争は、ギリシャ時代から続いている。しかし、紀元前4世紀のアリストテレス以降は、科学でなく、力（教条）によって「自然発生説」が正しいとされ、今日に至っている。さて、この議論はどちらでもいいと思うかもしれないが、天動説でなく地動説が正しかったという発見以上に、人間の生活を決定的に変える。

「自然発生説」が正しいとなれば、「近代西洋哲学」が至った「人間中心主義」が是となる。一方の「パンスペルミア説」が正しいとなると、インド亜大陸のベーダ思想の根底にある「生命平等」の思想が科学的に正しいということになる。「人間中心主義」は人間の自己都合（wishful thinking）による誤解となる。ちなみに、「自然発生説」は、すでに1861年にフランスのルイ・パスツールの白鳥の首フラスコ実験によって否定されている。「パンスペルミア説」については、1981年にイギリスのサー・フレッド・ホイルとチャンドラ・ウィックラマシンゲの星間塵モデルと生物モデルの赤外線スペクトルによる一致観察によって証明された。

この小説の舞台は、日本が、デカルトを起点とする「時間とモノ崇拝」である「近代西洋哲学」を何の疑いもなく邁進信奉していた時代である。その現代世界の思潮に疑問を投げかける。「近代西洋哲学」による「自然支配」と「科学技術崇拝」がもたらした世界は、結果的に、人間の生命維持が不可能となる放射性物質（世界の海水1リットル当たり

1、000ベクレル）に汚染されていく地球である。まだこの事実は一般化していない。しかし、この知識が普及すると、人々は、否応なく死を身近な問題として意識するようになる。その結果、世界は、死から生を考える東洋思想に傾く。

「近代西洋哲学」の究極は、決して得られることのない「不死の思想」の追求である。しかし、これは人間が独立を果たしたと思っているシュメール的「神」（Second God ※）の領域である。「近代西洋哲学」は、人間がそのシュメール的「神」からの独立を宣言するだけでなく、その領域に入ることを志向する。つまり、神を殺し人間が創造した人間的「神」（Third God ※）となることを意味する。東洋思想（仏法）は、「不死の思想」に基本的諦念を持ち、「死」を受け入れる。事実、人間には必ず公平に「死」が訪れる。「永遠の愛」は、唯一、人間に与えられる「魂の不死」である。人間はここで初めて、無限の昔に生命を造った創造主的「神」（First God ※）に触れる。

現代人（ホモ・サピエンス）が「言語（ロゴス）」を獲得したのは、約7万年前～5万年前と言われている。この能力の獲得は如何なる進化論（選択の必然性・合理性が存在しない）をもっても説明できない。科学的には、自然選択でも突然変異でもなく遺伝子組み換えによるしか達成できない能力（フランシス・クリックの意図的パンスペルミア説）である。それほど大きな遺伝ジャンプである。言語能力の獲得によって人間は文明を築いたかもしれないが、生命継続という根源的な生命目的からは遠ざかった可能性がある。「言語」なしでネアンデルタール人は約60万年生存した。チンパンジーは500万年ほど前から「言語」なしで（いや言語を持たないから）存在している。ホモ・サピエンスはまだ20万年から30万年しか生命継続していない。では、何のための言語能力なのであろうか。絶対意志（宇宙意志）＝生命目的＝生命継続に不必要どころか邪魔になる能力を何故獲得したのだろうか？「人間中心主義」にとって「言語」は、人間の生命目的が他の下等生物と同じということは耐えられなく屈辱であるその事実（生命目的が生命継続にすぎない）を人間から隠蔽するための能力か。

この事実の宣言を「いつの日か、ふたりは恋人」の最後の「言語」として、ふたりは鳥「言語」で一言「クックッ」と共鳴して「この世」から太陽（「あの世」）に向かって飛び立っていく。

P96注釈※　神を3つに分類する。生命を創造した神をFirst God、ホモ・サピエンスの顕著な進化に寄与した神をSecond God、そして人間が創造した神をThird Godと仮定する。

鳥言語に関する注釈

鳥言語（Avian Language）
ツピーツピー（hello）こんにちは
ピュッピュッ（yes）はい
ジイジイ（no）いいえ
ルッルッ（happy）嬉しい
チュチュ（satisfied）幸せ
クックッ（dream）夢
チュチュルッルッ（satisfied + happy = I love you）愛してる

第1章に関する注釈

ギリシャの哲学者ヒポクラテス（紀元前460年頃〜紀元前370年頃）の箴言、〝生は短く、術は長い〟。ローマの哲学者で皇帝ネロの家庭教師セネカ（紀元前1年頃〜65年）

著、「生の短さについて」。

第2章に関する注釈

『Song（1827年）』原文（Though を Now と読む）

I saw thee on thy bridal day-
When a burning blush came o'er thee,
Now（Though）happiness around thee lay,
The world all love before thee:

And in thine eye a kindling light
（Whatever it might be）,
Was all on Earth my aching sight
Of Loveliness could see.

That blush, perhaps, was a maiden shame-
As such it well may pass-
Now（Though）its glow hath raised a fiercer flame
In the breast of him, alas!

Who saw thee on that bridal day,
When that deep blush would come o'er thee,
Now（Though）happiness around thee lay,
The world all love before thee

『Song』の背景

詩人（Edgar Allan Poe）は、久しぶりに、テネシー州にある大学から故郷のバージニア州に戻った。そこで、故郷を離れる時に、結婚を約束した恋人（Sarah Elmira Royster）

と再会した。が、それは、彼女の結婚披露宴だった。Sarahは、Edgarから何の便りもない（Sarahの父親がすべての手紙を棄てていた）ので、自分は忘れ去られたと思っていた。Sarahは、Alexander Sheltonと知り合い、恋愛し、結婚することになった。何と、２人の久しぶりの再会は、その結婚式のパーティーだった。EdgarとSarah、２人は動揺した。その20年後Alexanderは若くして亡くなる。そして、EdgarはSarah（１８１０年～１８８８年）と再び婚約するが、Edgarの早死によって、２人の恋が成就することはなかった（Edgar Allan Poe：１８０９年～１８４９年）。

第３章〝伝統〟〝命令〟〝自由放任〟に関する注釈

「経済学」は、人間がhow to survive（どのように生存するのか）という視点から、生み出した「生存ルール」である。これまでに３つのルールが発明（R・ハイルブロナー『二十一世紀の資本主義』）されている。まず「伝統（tradition）」。これが最も長く存在しているルールで、狩猟採集漁労時代のもの。次に「命令（command）」。これは中央集権体制が確立した時のルール。王様の命令（初期王朝は背後にシュメール的「神」を祀った）

を絶対のものとする。次はこの中央集権体制が崩壊（神聖ローマ帝国の崩壊による権力の分散）した後の時代のルール。「自由放任（*laissez faire*）」と言う。今の「生存ルール」は「自由放任」を前提とした「資本主義」。しかし、多くの問題を抱えた「生存ルール」であり、「第四のルール」が必要。現代の「資本主義」の問題は、その前提となっている「自由放任」が機能していないところにある。「自由放任」でなく限定1％の「自由放任」の富の拡大が前提になっている。アダム・スミスの言う「神の見えざる手」による市場が機能していない独占を許す経済システムとなってしまった。1％の金持ちはますます富み、99％はさらに貧しくなる。まともな労働では生活ができなくなり、勤労に支えられる人間の尊厳がなくなる。そして、社会は病んでいく。how to survive の経済学が、how to rich the rich となった。そして、地球上の富をほんの一握りの1％が欲の限り独占していく限り、「第四の生存ルール」は、決して、生まれない。何故なら、社会の崩壊と戦争利潤の追求と使用済み核燃料による環境破壊によって、その前に人間がいなくなるから。

第3章〝近代西洋哲学〟に関する注釈

ＢＣ２５００年～ＢＣ２０００年頃（中期青銅器時代）人類は、漸く、シュメール的「神」の支配から物理的・精神的に解放されたと思える行動をとった形跡がみられる。神から、人類が独立した（させられた）。人間独自の法律、哲学、宗教などが出現した。それから、１０００年ほどして（ギリシャ時代）人類は、はじめて自分の「人間哲学」how to live（どのように生きるのか）を、生存をかけて本気で模索することになった。シュメール的「神」からの独立宣言と言える。さらに人間的「神」（Ｐ96注釈※参照）をつくりだした。それ故、この時期に「近代西洋哲学」のルーツと言われる、「ヘブライズム」と「ヘレニズム」の起点を求めることができる。

「ヘブライズム」は、ＢＣ14世紀のモーゼの出エジプトから始まり、ＢＣ6世紀のユダヤ教（旧約聖書）とＢＣ／ＡＤのキリスト教（新約聖書）を経て、13世紀のトマス・アクィナス、16世紀のエラスムスの「スコラ哲学」となり、17世紀のスピノザ、ライプニッツの「汎神論」に至る。この時代の「人間の哲学」は、まだシュメール的「神」とその威光に強く惹かれている。

「ヘレニズム」は、BC8世紀に、タレス、ヘラクレイトス、アナクシマンドロス、アナクシメネスなどの「イオニア（ミレトス）学派」と言われる人々による「自然哲学」を起点とする。「自然哲学」は、主に万物の起源は何かという宇宙における人間存在の「外的視点」であった。宇宙における人間存在の「内的視点」の起点は、BC8世紀のホメロス（「イーリアス」、「オデュッセイア」）、ヘシオドス（「神統記」、「労働と日々」）にはじまり、BC5世紀のソクラテス、プラトン、アリストテレスの「ロゴス（言語、論理）」に受け継がれた。アレキサンダー大王は、生涯にわたりアリストテレスの指導を受けた。その大王の東方遠征によってギリシャと古代オリエント（シュメール）の文化が融合し、「ヘレニズム」が生まれた。1世紀には、「人間の哲学」は、ローマのセネカ、アウレリウスなどの「ストア派」に受け継がれた。

中期青銅器時代から1500年後に、シュメール的「神」に代わって誕生した人間が創造した人間的「神」の哲学である「ヘブライズム」と、人間が創造した科学と文化社会の「ヘレニズム」が結びついた（A・トインビー）。

そして、17世紀に入って、イギリス経験論と大陸合理論の上に「近代西洋哲学」が生まれた。「近代西洋哲学」の父と言われるデカルトは「理性」を唱え、カントとヘーゲルがそれに続いた。続いて、ショーペンハウアーとニーチェは「意思」、ハイデッガーは「実存」を唱えた。ここに共通するのは、「科学信奉」である。科学がシュメール的「神」を死に追いやり（フォイエルバッハ）、そして人間的「神」にも代わるものになり、ますます科学に対する信奉は不滅になった。「科学信奉」と合わせて「人間中心主義」と「地球中心主義」を賛美する文明を生み出したのは「近代西洋哲学」である。

このルーツは、ギリシャの哲学者アリストテレスにある。アリストテレスは、宇宙の中心に地球があるとした「天動説」を唱えた。更に、アリストテレスが唱えた、生命は地球の池から発生したとする「自然発生説」は、いまだに根強く、生命発生論のセントラルドグマ（教条）として君臨している。しかし、19世紀には、ルイ・パスツールが、それを否定（生命は、生命からしか生まれない）した。そして、20世紀に入り、サー・フレッド・ホイルとチャンドラ・ウィックラマシンゲは、宇宙空間に生命は溢れているという「パンスペルミア説」を支える科学根拠を提示した。漸く、「ビッグバン」も「自然発生説」も否定される科学発見（特に２０２１年12月25日に打ち上げたジェームズ・ウェッブ赤外線天体望遠鏡導入後）が相次ぎ「パンスペルミア説」、そして「定常宇宙説」が正しいと認める科学者が多くなっている。サモアのアリスタルコスが、ＢＣ３世紀に、はじめて「パンスペルミア説」と「地動説（16世紀にコペルニクスも提唱）」を唱えてから約２３００年になる。

第二次世界大戦に敗北した日本の戦後教育は、「西欧に追いつけ追い越せ」を大スローガンに、「科学信奉」と「米国信奉」を国民に植え付けた。この小説の時代背景である。特に主人公の時代は、それがすべてと言ってもいいくらい顕著であった。しかし、「科学信奉」の結果は、必然的に人間の「自然征服」に至る。そして主人公の時代には、成長の限界（ローマクラブの警告、マルサスの『人口論』）が大きな問題と指摘され、既に「環境汚染」という負の面が現実となっていた。日本の河川（琵琶湖の中性洗剤）や海（有明海のカドミウム）や世界の空の汚染（２、０００回を超える大気圏内核実験の結果、放射性物質の降下）が大きな社会問題となった。

環境汚染の中でも最も厄介なのは、この「放射性物質汚染」である。実は、これについては、ドイツの哲学者ハイデッガーがすでに指摘していた。人間の力では、原発・原爆によって作られた人工放射性物質を安全な物質に変えることができない。不可逆で後戻りができない。人間の知恵では回復不能な環境汚染である。既に世界では、１０、０００回を超える原発が稼働した。それによって生じた放射性物質（使用済み核燃料）は、他に経済的な選択がないので、いずれ海洋投棄されることになる。それは、人間の生存の許容量を超える（リットル当たり約1、000ベクレルを超える）海洋汚染である。これが「近代西洋哲学」による「科学信奉」がたどり着いた終着点。人間が地球を住めないところにする、「近代西洋哲学」は、how to live でなく how to die の指針だったと言える。

第3章〝ドグマ〟〝不毛な議論〟に関する注釈

ツルゲーネフの『父と子』は、ロシア農奴解放前後の「新旧思想」の相剋を描いている。ツルゲーネフの「永遠の和解」とは、「新旧思想」の融合のこと。同様にこの小説の背景は、日本の戦後思想の中の「新旧思想」の相剋である。

日本の縄文時代から江戸時代までの「倭国時代（中国傾倒）」の哲学を後進国思想として後ろに追いやり、先進国思想として「近代西洋哲学（欧米傾倒）」に、一切の迷いを毀釈して、盲信的に邁進した日本の戦後思想に主人公の両親は生きている。主人公は、アメリカで育ったことから、両親のようにアメリカ人にへりくだることが一切なく、むしろ総じて余り出来の良くない同級生として、アメリカの同級生を少し見下しているところがある。恋人は外国人と生活をしたことがないため、無防備に天真爛漫に、主人公の両親が持つ戦後思想に立ち向かい挫折する。

主人公は、帰国子女であるから、両親の置かれた歴史的な位相を理解できる。「新旧思想」の相剋に翻弄されながらも、自分は〃永遠の和解〃に至る。「恋人」という男女の「愛」の形を否定し、それを素直に肯定できない主人公の親は「近代西洋哲学」を信じたままこの世を去って行く。この物語（小説）は、そこから始まる。

日本の戦後哲学は、「Japanesey 哲学」で、「近代西洋哲学」から「ヘブライズム（キリスト思想）」を取り除き、「ヘレニズム」を伝統とする哲学に「神道」と少しばかりの「仏法」を無理やり入れ込んだもの（梅原猛）である。そこには、狭い「愛」しかない。「儒教的」な「愛」である。一方、国家愛、社会（民族）愛、家族愛など、〃すべてを捧げ尽くした愛（ツルゲーネフ『父と子』）〃が語っているのは、男女の「愛」も含む広い「愛」。

デカルトが取り除いた「身体（肉）」とショーペンハウアーとニーチェが抹殺したシュメール的「神」を「魂」に代替し、そこに儒教と美学を付け加えたのが「Japanesey 哲学」。主人公たち2人と主人公の両親との間にある不条理は、「新旧思想」の葛藤だが、より具体的には広い「愛」と「Japanesey 哲学」狭い愛の葛藤である。

第3章〝生命目的は自己複製（生命の継続）にすぎない〟に関する注釈

「絶対意志（宇宙意志）」は、すべての生命（人間）が細胞内に持っているDNA上のゲノムコードのどこかに書いてある。いいかえると「生命目的」を規定する「ゲノムコード」が存在する（仮説）。そこに書かれているゲノムコード（遺伝子情報の条文）は、おそらく極めて単純で、すべての生命に共通するものに違いない。それは、すべてに優先して、「自己複製」せよという「生命目的」に従った「生命継続」の指示と思われる。繰り返しになるが、人間を含むすべての生命の最優先の「生命目的」を規定・明示しているのが「絶対意志（宇宙意志）」。そして、その始動には外部エネルギーが必要である。つまり「絶対意志（宇宙意志）」＝「生命目的」＝「生命継続（自己複製）」は、DNAに内在しているが、その稼働には外部エネルギーを必要とする。

第3章〝輪廻〟に関する注釈

「輪廻」することとは、再び生まれ変わり何か別の生命に宿って生きること。生きていること自体が「苦」だとする「仏法」では、回避しなくてはならない。「輪廻」から逃れる唯一の方法は、苦の原因である「自己」を消失（択滅）することである。これを「悟り」と言う。「悟り」を開いて「輪廻」から逃れた人が釈迦牟尼のように「仏」となる。パンスペルミア説の世界では、DNA／RNAが絶えず複製され、宇宙空間に溢れ、生命は自動的に生死を繰り返す定常（steady state）にある。DNAは絶えることなく不滅。

第3章〝私はウイルス（人間≒ウイルス）〟に関する注釈

「私はウイルス」ということを、人間が、科学的に解明したのはごく最近のことである。2003年の「ヒトゲノム完全解読」以降である。人間は、この解明に、30万年以上の歳月を費やした。この解明がどれほどの大発見か。このことを認識している人は、まず、いない。

人間の基底にあるのは、「真理」とか「叡智」。人間誕生以来、ずっと、このように信じてきた。これが事実でない。となると、今まで積み上げてきた「人間哲学」がひっくり返ってしまう。これは、一大事。

事実として、人間の行動の基底にあるのは、「真理」とか「叡智」でなく、「ヒトゲノム」[注釈a]である。そして、その「ヒトゲノム」の解読から推定されるのが、「私はウイルス」という仮定。何故なら、ヒトゲノムの半分以上にウイルスそのもの、そしてウイルスの足跡が認められるから（傍線はＰ75「〝生命の継続〟を〝生きる魂〟」を指す）。

ウイルスは、細胞に侵入して、そのエネルギー機構を乗っ取って、細胞を破壊して、「自己複製」という「生命目的」を実現する。そして、それを伝え実行するために存在している。それがウイルスのレゾンデートル（存在理由）である。つまりウイルスの「生命目的」。

「私はウイルス」。これが事実となると、「ウイルス＝人間」及び「細胞＝地球」になる。ウイルスの「生命目的」は、結果的に、「自己複製（生命の継続）」のために細胞破壊すること。人間の「生命目的」は、「自己複製」のために地球破壊することとなる。細胞が無限にあるように、宇宙には、地球のような惑星も無限（１９９５年の系外惑星発見Ｍ・マイヨール、Ｄ・ケロー）にある。

人間は、「私はウイルス」を、素直に受け入れることは、まずない。逆に受け入れないよう必死に努める。滅亡するその日まで。しかし、人間の行動の基底にある、「ヒトゲノム」に逆らうことはできない。「生命目的」＝「自己複製」という単純な事実を見ないように、「言語」の美辞麗句にひたり、自分を騙して生きる。これが「人間パラドックス」である。

注釈ａ　成人の細胞は、約60兆個ある。その一つ一つの細胞の中には核がある。その核内には46本（父から23本、母から23本）の染色体が内包されている。その染色体に書かれているのがヒトゲノム。それはヒト遺伝子情報（ヒト設計図）である。ヒトゲノムはモノとしていうとＤＮＡ（デオキシリボ核酸）であるが、４つの塩基（Ｇ、Ｃ、Ａ、Ｔ）の２つが対となって配列されている。ＧとＣそしてＡとＴというように２つの塩基の対が連なっている（30億対）。ヒトゲノムを１冊の本（１００ページ）に喩えると、ヒトの体を作るタンパク質を規定している機能遺伝子は２ページくらいである。かつてヒトに侵入したが、やがてヒトゲノムの一部として内在化（共生して潜んでいる）したウイルスは約９ページ（ＨＥＲＶとＬＴＲ）である。その他ウイルス由来のものは約37ページ（ＬＩＮＥ、ＳＩＮＥ、ＤＮＡレトロトランスポゾン）。残りの52・５ページは今のところは不明だがその半分ぐらいはウイルス由来と言われている。人間の細胞の核内にある、ヒト設計図の過半数（43ページ〜70ページ）がウイルス由来となると、「ヒト＝ウイルス」という仮説を立ててもおかしくない。ウイルスの「生命目的」は、自己複製だけである。ウイルスは、標的細胞に侵入してそのエネルギー機構をハイジャックして細胞を破壊して自己複製する。そして次の標的細胞の侵入の機会を窺う。パンスペルミア説では、ウイルスは彗星に乗って宇宙空間の遺伝子の運搬も担っているが、基本は自己（ＤＮＡあるいはＲＮＡ）複製である。

第3章 〝進化論〟に関する注釈

進化論と言えば、すぐ思い起こされるのがダーウィン進化論。しかし、この説はまだ科学的に証明されていない仮説であり、最新の科学的発見では、ほとんど否定されている。ダーウィン進化論は、地球上で、すべての共通の先祖から長い期間を経て自然選択（自然淘汰）を通して多種の生命が進化したというもの。しかし、これは絶えず新たな進化の材料が外から地球に入ってくるという開放系が前提とならなくてはならない。閉鎖系の惑星、地球、という前提のダーウィン進化論で、約5億数千万年前のカンブリア爆発のように、突如、現在あるすべての動物の門が出揃ったという進化を説明することは困難。ダーウィン進化論は、遺伝子が、時間を経て、垂直的に進む進化論である。これに対し、外部から生命体の中に遺伝子が挿入または改変されるという水平進化論（ラマルクの獲得形質遺伝なども）がある。ウイルス（レトロウイルス）がまさにこれを行っている。ウイルスは、自分の遺伝子を細胞に挿入することが知られている。これをウイルスの内在化と言う。これは水平的に進む進化である。これであれば、つまりウイルスが、生命（細胞）に遺伝子挿入（ウイルス感染し細胞破壊した後に細胞と共生するという戦略転換）することによって生命が多様化するという進化が考えられる。事実地球は、宇宙に対し開かれている。もし宇宙空間に生命が溢れていて、それが毎日地球に降り注いでいる（1日約100トン、ウイルス個数は、年間10^{22}、10の22乗以上と推定）のであれば、地球に多様な生命が存在することに何の不思議もない。その場合、過酷な宇宙空間に生存するのに最も適している生命は、何も食べることなく半永久的に仮死状態で生存して、遺伝子を保存・挿入できるウイルスと言える。

第3章 〝雨の詩〟に関する注釈

『雨の詩』原文

空から雨が降ってくる。
いつもと同じ雨、なのに今日は不思議
雨が　耳元で囁くの。

私は　宇宙からきたって　彗星に乗って。
お空で　お水の洋服つくってもらって　風に揺られて
降りてきたばかりだって。

ここはどこ？　と聞くから
地球よ！　と教えてあげた。
たくさんお友達つくって　早くお空に帰りたいって。

「雨の詩」の解説

この詩は、分かりやすく「パンスペルミア説」を解説したものである。

〝空から雨が降ってくる〟

雨の中心には氷晶核があり、それに水が付着している。その水晶核は、宇宙[※1]から降って来た生命の胚種が入っている。その生命の胚種は太陽の周りを周回する彗星[※2]が蒔いていったテールの塵に含まれている。[※3]生命の胚種とは、凍結乾燥した細菌やウイルスや原虫や受精卵などが考えられる。それが彗星によって貯蔵・拡散され、宇宙空間に漂っている。彗星と地球の軌道が交差する時、それらが地球に入り落下する。そして、生命の胚種の地球への旅が始まる。初めて大気圏に入るとき、少しショック[※4]があって、それに耐えられない生命の胚種は絶える。生き残った胚種はその後ゆっくりとしずかに数ヶ月[※5]の地球大地への旅を開始する。そして最後の日に大気中の水[※6]をからだにまとって（氷晶核となった生命胚種に水が付着して）雪となり雨となり大地に降る。だから雨も雪もただの水ではない。生命そのものである。

〝たくさんお友達つくって〟

これはダーウィンの進化論を地球という閉鎖系から宇宙への開放系に拡大した考え。つまり、地球という狭い空間（閉鎖系）の限られた遺伝子による「突然変異と自然淘汰」ではなく、広大な多元宇宙（開放系）から地球空間に侵入する莫大な遺伝子による進化論を示す。そこで考えられるのは、生命胚種が宇宙空間に溢れているという考え（パンスペルミア説）である。ウイルスは、ウイルスだけでは自己複製ができないため、細胞を利用する。そのためにウイルスは細胞に侵入し、その中のミトコンドリアをハイジャックしてエネルギーを得て自己複製をする。このときウイルス（或いは細胞か）は、非常に選択的。ウイルスは、選択した（された）標的細胞がいなくなるとエネルギー切れとなり自己複製ができなくなる。その時ウイルスは、標的細胞と共生（内在化）するという行動に出る。これがヒトのＤＮＡの43％に内在するウイルスそのものとウイルス断片の痕跡である。このようにしてウイルスが地球上の生命の進化にかかわってきたと考えられる。古生代カンブリア紀（５・42億年～４・88億年前）の生物の大爆発などは、閉鎖系のダーウィンの進化論で説明することは困難であるが、宇宙塵を受け入れる開放系の地球とパンスペルミア説とウイルス進化論を組み合わせれば科学的な説明ができる。

注

※１．１３８±２億年前にできたとされる多元宇宙の一つのこの宇宙のこと。宇宙には数千億の銀河（その中には数千億以上の星〈恒星〉と惑星など）が存在している。

※２．太陽系の中の１万～10万天文単位（１、４９６億㎞×10^4）先のオールトの雲には、１、０００億個以上（ハレー彗星の大きさだと２兆個以上）の彗星が存在している。

※3．彗星の中にもともと存在していた生命（凍結乾燥した細菌やウイルスや受精卵など）を彗星が太陽を周回するときに太陽熱によって発酵を通じてテールが形成され塵となって宇宙空間に残していく。
※4．最大で500℃（10気圧）くらい。細菌・ウイルスは主に数ミクロン（1／1，000ミリ）以下。
※5．彗星がおいていった塵が地球の大気圏の中に入って地上に降りるまで。
※6．雨は、宇宙塵などが氷晶核をつくり、それに水分が付着して氷晶となったもの。

〝早くお空に帰りたいって〟

宇宙から降下してきた原始的な生物に、その後宇宙から次々と降下してきたウイルスによって抗生・共生を繰り返し様々な遺伝子が挿入され、生物が分化増殖していく（パンスペルミア説のウイルス進化論）。しかし、地球上の生物は、地球という一つの惑星に留まらず宇宙に戻る。つまり、隕石が地球に衝突して地球の生物の遺伝子が宇宙空間に吹き飛ばされる（宇宙に戻ること。R・E・リヒター）。ヒトは宇宙システムに従い、ヒト以外の生物は地球システムに従うことがDNAに規定されている可能性がある。ヒトは、地球という惑星の限られたエネルギーを早く消費する。生存に必要なエネルギー2，000キロカロリー／日／人の25倍以上のエネルギーを使うのはヒトだけ。他の生命は、生存に必要なエネルギー以上を使うことはない。ヒトのＤＮＡの中には、他の生命のＤＮＡと異なり、自己増殖を早く行って、早く惑星破壊をして、早く宇宙に戻る、という遺伝コード（**L**ife preference to **u**niverse. 宇宙選好遺伝子Lu）が内包されている可能性があるという仮説。反対に、生存レベルのエネルギー消費に満足する生命（人間以外の全生命）の遺伝コードをLe（**L**ife preference to **e**arth）という（仮説）。

第3章 〝ポール・ゴーギャンの問い〟に関する注釈

ポール・ゴーギャンがタヒチで描いた絵、「我々はどこから来たのか、我々は何者か、我々はどこへ行くのか（１８９７年から１８９８年、タヒチ）」の問いは、漸く21世紀の科学（分子生物学と宇宙物理学）によって、「我々は宇宙から来た、我々はウイルスである、我々は宇宙に戻る」と解答される。パンスペルミア説に基づく科学的な答えである。しかし、「人間中心主義」が「言語」を駆使して、この解答の普及を邪魔する。このように、厳密科学でさえ事実が阻害される世の中にあって、真実と真理の解明には、想像を絶する覚悟が要求される。

所源亮　著作リスト

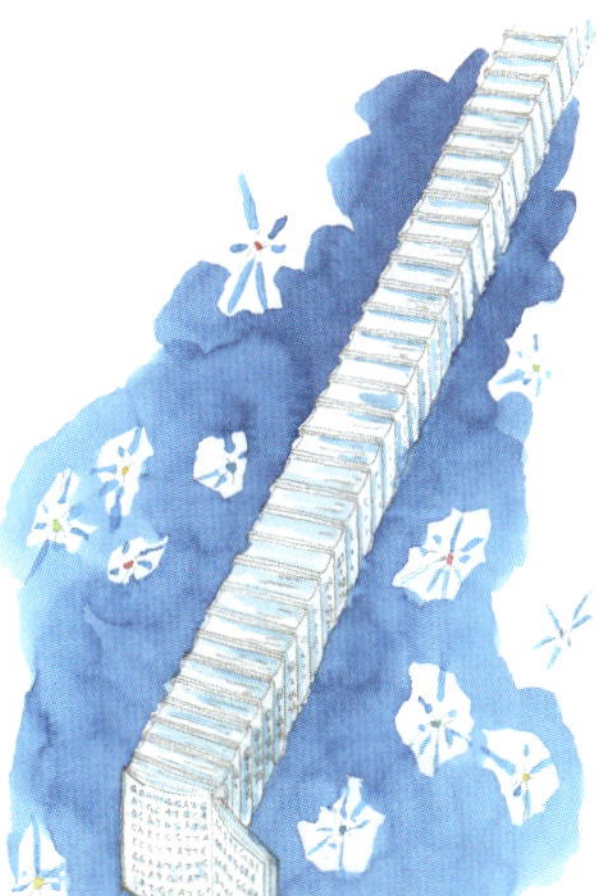

著者

- 『宇宙経済学（E＝M）入門』（チャンドラ・ウィックラマシンゲと共著）地湧社　2018年
- 『OUR COSMIC ANCESTRY IN THE STARS』（Chandra and Kamala Wickramasingheと共著）BEAR & COMPANY　2019年
- 『原発のミニ知識』地湧社　2019年

訳書

- 『彗星パンスペルミア』（チャンドラ・ウィックラマシンゲ著、松井孝典監修）恒星社厚生閣　2017年
- 『宇宙を旅する生命』（チャンドラ・ウィックラマシンゲ著、松井孝典監修）恒星社厚生閣　2018年

鼎談書

- 『スリランカの赤い雨　生命は宇宙から飛来するか』（松井孝典著）（p127～）角川学芸出版　2013年

原案

- 『YouもMeも宇宙人』（いけのり著、松井孝典監修）地湧社　2018年
- 『超入門　生命起源の謎　YouもMeも宇宙人？　1時間でわかる。最新アストロバイオロジー！』（いけのり著、松井孝典監修）地湧社　2018年
- 『pocket book オレンジ：文芸（いつの日か、ふたりは恋人　ペンネーム桂圭）』やなぎ出版　2020年
- 『pocket book ブルー：科学（天降感染　宇宙から来た生命）』やなぎ出版　2021年
- 『pocket book ピンク：復刻版（Mini令女界）』やなぎ出版　2020年

所 源亮　著作リスト

論文

- 「RELUCTANCE TO ADMIT WE ARE NOT ALONE AS AN INTELLIGENT LIFEFORM IN THE COSMOS」（共著：Chandra Wickramasinghe | Gensuke Tokoro | Robert Temple and Rudy Schild）2023年, Journal of Cosmology, Vol. 30, No. 4, pp. 30040-30053）
- 「Progress in Biophysics and Molecular Biology-Cause of Cambrian Explosion - Terrestrial or Cosmic?-」（共著：Edward J. Steele | Shirwan Al-Mufti | Kenneth A. Augustyn | Rohana Chandrajith | John P. Coghlan | S.G. Coulson | Sudipto Ghosh | Mark Gillman | Reginald M. Gorczynski | Brig Klyce | Godfrey Louis | Kithsiri Mahanama | Keith R. Oliver | Julio Padron | Jiangwen Qu | John A. Schuster | W.E. Smith | Duane P. Snyder | Julian A. Steele | Brent J. Stewart | Robert Temple | Gensuke Tokoro | Christopher A. Tout | Alexander Unzicker | Milton Wainwright | Jamie Wallis | Daryl H. Wallis | Max K. Wallis | John Wetherall | D.T. Wickramasinghe | J.T. Wickramasinghe | N. Chandra Wickramasinghe | Yongsheng Liu）2018年
- 「The efficient Lamarckian spread of life in the cosmos」（共著：Steele EJ, Gorczynski RM, Lindley RA, Liu Y, Temple R, Tokoro G, Wickramasinghe DT, Wickramasinghe NC.Adv Genet. 2020;106:21-43. doi:10.1016/bs.adgen.2020.03.004. Epub 2020 Jul 7.PMID: 33081924 Free PMC article. Review.）
- 「The sociology of science and generality of the DNA/RNA/protein paradigm throughout the cosmos」（共著：Wickramasinghe NC, Steele EJ, Klyce B, Tokoro G, Wickramasinghe DT.Adv Genet. 2020;106:45-60. doi: 10.1016/bs.adgen.2020.03.005. Epub 2020 Jul 7.PMID: 33081925 Review.）
- 「Origin of new emergent Coronavirus and Candida fungal diseases-Terrestrial or cosmic?」（共著：Steele EJ, Gorczynski RM, Lindley RA, Tokoro G, Temple R, Wickramasinghe NC.Adv Genet. 2020;106:75-100. doi: 10.1016/bs.adgen.2020.04.002. Epub 2020 Jul 14.PMID: 33081928 Free PMC article. Review.）

- 「Experiments to prove continuing microbial ingress from Space to Earth」（共著：Wickramasinghe NC, Steele EJ, Temple R, Tokoro G, Smith WA, Klyce B, Wickramasinghe DT, Arachchi DM.Adv Genet. 2020;106:133-143. doi: 10.1016/bs.adgen.2020.03.006. Epub 2020 Jul 7.PMID: 33081923 Free PMC article. Review.）
- 「Exploding Five COVID-19 Myths on its Origin, Global Spread and Immunity」（共著：Steele EJ, Gorczynski RM, Rebhan H, Tokoro G, Wallis DH, et al.（2021）Exploding Five COVID-19 Myths on its Origin, Global Spread and Immunity. Infect Dis Ther Volume 2（2）: 1-15. DOI: 10.31038/IDT.2021223）
- 「An End of the COVID-19 Pandemic in Sight?」（共著：Steele EJ, Gorczynski RM, Lindley RA, Tokoro G, Wallis DH, et al.（2021）An End of the COVID-19 Pandemic in Sight? Infect Dis Ther Volume 2（2）: 1-5. DOI: 10.31038/IDT.2021222）
- 「COVID-19 Sudden Outbreak of Mystery Case Transmissions in Victoria, Australia, May-June 2021: Strong Evidence of Tropospheric Transport of Human Passaged Infective Virions from the Indian Epidemic」（Steele EJ, Gorczynski RM, Carnegie P, Tokoro G, Wallis DH, et al.（2021）COVID-19 Sudden Outbreak of Mystery Case Transmissions in Victoria, Australia, May-June 2021: Strong Evidence of Tropospheric Transport of Human Passaged Infective Virions from the Indian Epidemic. Infect Dis Ther Volume 2（1）: 1-28. DOI: 10.31038/IDT.2021214）
- 「Cometary Origin of COVID-19」（共著：Steele EJ, Gorczynski RM, Lindley RA, Tokoro G, Wallis DH, et al.（2021）Cometary Origin of COVID-19. Infect Dis Ther Volume 2（1）: 1-4. DOI: 10.31038/IDT.2021212）
- 「Quest for life on Jupiter and its moons」（共著：Wickramasinghe NC, Tokoro G.（2023）Quest for life on Jupiter and its moons. Journal of Cosmology, Vol. 30, No.3, pp. 30030-30034）
- 「Cosmology and the Origins of Life」（共著：Wickramasinghe NC, Jayant V. Narlikar, Tokoro G.（2023）Cosmology and the Origins of Life. Journal of Cosmology, Vol. 30, No.1, pp. 30001-30013）

所 源亮　著作リスト

- Journal of Cosmology, Vol.30, No.4, pp.30040-30053
  RELUCTANCE TO ADMIT WE ARE NOT ALONE AS AN INTELLIGENT LIFEFORM IN THE COSMOS
  Chandra Wickramasinghe,[1,2,3,4] Gensuke Tokoro[2,4], Robert Temple[5] and Rudy Schild[6]
- Journal of Cosmology, Vol.30, No.6, pp.30080-30089
  SEARCH FOR ALIENS, AND UFO'S
  Chandra Wickramasinghe,[1,2,3,4] Rudy Schild[5], Gensuke Tokoro[2,3], Robert Temple[4] and J.H. (Cass) Forrington[6]
- Journal of Cosmology, Vol.30, No.9, pp.30135-30145
  Search for UFOs and Aliens: Modern Evidence and Ancient Traditions
  Rudy Schild[6], Chandra Wickramasinghe[1,2,3,4], J.H. (Cass) Forrington[7], Robert Temple[5], Gensuke Tokoro[2,3], Rueben Wickramasinghe[4]

著者紹介

所 源亮（ところ げんすけ）

東京都大田区大森で農林省官僚所秀雄と、大正、昭和を風靡した雑誌「令女界」と「若草」を世に出した藤村耕一の長女所やなぎの子として1949年2月22日に生まれる。父が在アメリカ合衆国日本国大使館に赴任したのに伴い、小学校3年からワシントンD.C.（アイゼンハワー政権とケネディ政権）に移り中学校1年まで暮らす。1972年一橋大学経済学部卒業。1972年イーストマン・ハイブレッド入社。1976年パイオニア・ハイブレッド・インターナショナル社のアジア担当としてフィリピン、タイ、インド子会社の代表取締役を務める。1980年から米パイオニア・ハイブレッド・インターナショナル社（現デュポン・パイオニア社）国際部営業本部長兼パイオニア・オーバーシーズ・コーポレーション取締役として市場開発（50ケ国以上）及び海外戦略を考案実施。1982年に帰国し、ソフトウェア会社などを設立したのち、1986年6社を合併しゲン・コーポレーションを設立し代表取締役社長に就任。1994年日本バイオロジカルズ社を設立し、代表取締役社長に就任。2009年に同社を日本全薬工業に売却。2001年創薬バイオベンチャーを設立し代表取締役社長に就任した。そのコンセプトに、「日本発のものを世界に」というメッセージを込めた。2008年から2013年まで一橋大学イノベーション研究センター特任教授。2014年東京大学名誉教授の松井孝典、英カーディフ大学名誉教授チャンドラ・ウィックラマシンゲ博士とともに一般社団法人ISPA（宇宙生命・宇宙経済研究所）設立。サー・フレッド・ホイル博士が提唱したパンスペルミア説の研究を支援。

医薬開発技術ライセンス企業のＧＣＡＴ株式会社代表取締役会長、ルフナ大学（スリランカ）客員教授、インドＳ．Ｍ．Ｓｅｈｇａｌ財団理事、一般社団法人ＩＳＰＡ理事、前・西町インターナショナルスクール理事。

挿絵作者紹介

三浦 慎（みうら しん）

１９７１年生まれ。建築家。東京藝術大学美術学部建築科卒業。同大学院美術研究科修了。同大学院助手を経て、建築設計活動を行う。ミニマルな小住宅の設計から大規模統合型リゾートの設計統括まで、多様なプロジェクトを工学的・歴史的視点を織り交ぜながら手掛ける。

主な作品に、東福寺涅槃堂（寺院納骨堂・渋谷区）、愛育苑診療所（診療所・葛飾区）、森の家（住宅・軽井沢町）・山の家（住宅・軽井沢町）、43Base（住宅・新宿区）、岡田美術館（文化施設・箱根町）、半兵衛ガーデン（研修施設・垂井町）、Okada Manila（統合型リゾート・フィリピン、マニラ）、Lapulapu Cebu International College（大学施設・フィリピン、セブ）など。International Property Awards 2019 Winner（Okada Manila）。２０２１年軽井沢町庁舎改築周辺整備事業プロポーザルで最優秀提案者（庁舎、複合施設計画・株式会社山下設計と協働）。

著者紹介
所 源亮（ところ・げんすけ）

1949年2月22日東京都生まれ。1972年一橋大学経済学部卒業。1980年から米パイオニア・ハイブレッド・インターナショナル社（現デュポン・パイオニア社）国際部営業本部長兼パイオニア・オーバーシーズ・コーポレーション取締役。1982年に帰国後ソフトウェア会社などを設立ののち、1986年ゲン・コーポレーションを設立、代表取締役社長。1994年日本バイオロジカルズ社を設立、代表取締役社長。2001年創薬バイオベンチャーを設立、代表取締役社長。2008年から2013年まで一橋大学イノベーション研究センター特任教授。GCAT株式会社代表取締役会長。

いつの日か、ふたりは恋人

著者

所 源亮

発行日

2024年11月30日

発行　株式会社新潮社　図書編集室

発売　株式会社新潮社

〒162-8711　東京都新宿区矢来町71

編集部　03-3266-7124

印刷所　錦明印刷株式会社

製本所　加藤製本株式会社

ISBN978-4-10-910294-0　C0093